O homem que veio de longe

Olavo Romano

O homem que veio de longe

CARAVANA

Belo Horizonte • 2022

Coordenação editorial: Carol Côrtes e Leonardo Costaneto
Revisão: Jozilene Ivete de Oliveira
Capa e editoração eletrônica: Caravana Grupo Editorial

www.caravanagrupoeditorial.com.br
caravanagrupoeditorial@gmail.com
Fone: 55 31 973066624
www.facebook.com/caravanagrupoeditorial
@caravanagrupoeditorial

Catalogação na Publicação (CIP)

Romano, Olavo, 1938-
R759h O homem que veio de longe / Olavo Romano. – Belo Horizonte : Caravana, 2022.
104 p.

ISBN 978-65-5061-182-8

1. Contos brasileiros 2. Crônicas brasileiras I. Título

CDD: B869.35

Bibliotecária responsável: Cleide A. Fernandes CRB6/2334

O homem que veio de longe fala-nos tão de perto

Um dos segredos mais fascinantes da literatura é sua aptidão para oferecer uma visão de longe, um olhar estrangeiro. E o faz não apenas a partir de lugares e tempos distantes, mas também, e sobretudo, permitindo-nos um olhar novo sobre muito do que remanesce encoberto nas longínquas cercanias do dia a dia.

O novo livro do festejado escritor mineiro Olavo Romano pulsa e vibra nessa clave. É ela que permite percebermos a unidade que permeia toda a obra, pela coesão e harmonia de seus textos.

Escritos em momentos distintos e distantes daquele em que hoje vivemos, as crônicas e contos que compõem o livro permitem-nos perceber também um outro fascinante traço que marca a boa literatura: a perenidade de seus textos. Afinal, se a literatura é "*news that is always new*", *O homem que veio de longe* é mesmo um grande livro literário. Nele, Olavo Romano reafirma seu talento singular para captar, na fugacidade do cotidiano, o essencialmente humano, a transcender tempos e geografias.

Outro traço fundamental desses textos, que marca toda a escrita de seu autor, é o humor. "O humor salva a verdade", disse certa vez Martin Heidegger (*Ser e Tempo* Petrópolis: Vozes, 10 ed, 2015), traduzindo com isso uma lição de que se nutre a literatura ocidental desde obras seminais como *Don Quixote*, de Miguel de Cervantes, e *Gargantua e Pantagruel*, de François Rabelais. Pelo humor, a um só tempo, relativizamos e densificamos nossas relações com o mundo, suspendendo temporariamente o véu, por vezes enganoso e sobrestimado, com que nos apegamos a nossos dramas. Aprendendo a rir de nós mesmos, relativizamos a pretensiosa sisudez do mundo, clarificando nossas lentes para perceber o valor das pequenas coisas.

É esse humor presente em *CTI em três tempos* que lhe permite revisitar de forma leve, mas aguda e penetrante, tal lugar de medos e desassossegos. Acompanhando as sucessivas internações de Marcelo, o narrador nos permite viver o drama e aflição de seus familiares, o prosaico ambiente dos leitos, mas também o inusitado prazer do paciente diante de singelas coisas, como degustar um café com pão de queijo na lanchonete do hospital.

Na crônica *Memória*, um poliedro complexo e intrincado de elementos parece estruturar-se como uma peça de música barroca, ou como um poema harmônico de Mário de Andrade ou João Cabral de Mello Neto. Afinal, a memória aqui se coloca não apenas como tema, mas como fio condutor de toda a narrativa. A partir da lembrança de um antigo amigo do narrador, somos guiados através das memórias desse personagem, que busca recuperar detalhes da infância e da terra natal de seu pai. Na viagem de ônibus que empreende para reencontrá-lo, Lúcio Flávio Libânio, pianista e arquiteto, mergulha em lembranças de falas, hábitos e gestos de seu velho, tal como o modo com que esboçava um desenho ou cuidava de suas plantas. Recorda-se também de que, tendo o pai vivido certo tempo em Belo Horizonte, a ela nunca mais retornara por considerá-la uma cidade sem memória, em que os nomes de ruas e avenidas eram trocados por outros de menor significado ou beleza. Após longo périplo, Lúcio chega à casa do pai, que o recebe sem, contudo, reconhecê-lo. Vai aos poucos, porém, percebendo as similitudes entre aquele jovem e seu filho, quando esse estende-lhe as mãos, propondo que rezassem o Pai-Nosso. Numa síntese harmônica de rara beleza, as mãos dos personagens, que tocam piano e cuidam de rosas, entrecruzam-se e se encontram com as mãos do narrador, tecendo em conjunto essa trama de memórias.

No texto que dá nome ao livro, como em diversos outros aqui reunidos, o leitor há de encontrar "causos" do interior de Minas, marca registrada de Olavo Romano, que se destaca nacionalmente como um dos maiores representantes do estilo. Nele, a linguagem simples da gente interiorana revela-se em toda sua musicalidade, humor e sabedoria, colocando-se em diálogo com temas e personagens da tradição literária. Em tempos excessivamente urbanizados, tecnicizados e virtualizados, ler os "causos" de Olavo é permitir às palavras novas efusões de vida, as quais nos lembram e convencem do acerto da observação de Clarice: "quantos perdem por não nascer em Minas" (LISPECTOR, Clarice. "Das vantagens de ser bobo", In: *Todos os contos*. Rio de Janeiro: Rocco, 2016).

Por fim, em se tratando de obra em prosa, não poderia deixar de destacar a alta qualidade poética que permeia seus textos, fazendo de muitas histórias autênticas e belas poesias. Um exemplo de tais prosas poéticas é *Pulsações*, uma crônica sobre árvores, aves e natureza no intercurso de uma estação tórrida. Ali, a linguagem lírica que nos convida a buscar "finas novidades nos mundos sutis da natureza" é a mesma que consegue extrair humor de alta voltagem a partir de jogos e explorações dentro das próprias palavras. Assim, entre o riso e a levitação, pulsações nos inserem em uma deliciosa epifania.

Destaco ainda *Um certo pote azul*, no qual o autor nos conta sua vivência como participante de oficina literária em Festival de Inverno de Ouro Preto. Ao explorar as experimentações conduzidas pela artista africana Inno Sorcy,

Olavo Romano nos coloca como observadores do próprio processo de criação, visto por dentro e com supremo lirismo, encontrando síntese conclusiva no fascinante objeto que dá nome ao conto. Afinal, o misterioso *pote azul*, tal qual a *guitarra azul* de Wallace Stevens, é metáfora da própria poesia como elemento que reconstitui e reinventa o que convencionamos chamar realidade.

O homem que vem de longe ajuda-nos a ver o mais próximo, a abrirmo-nos à realidade, seus vastos matizes e cores. Falando-nos a partir do simples, ensina a perceber o complexo; fazendo-nos rir mostra o belo, etéreo, em plumagens de espuma, que a solidez de um mundo sem histórias deixaria tristemente escapar.

Fernando Armando Ribeiro
Escritor, professor e magistrado, é membro da
Academia Mineira de Letras Jurídicas.

Último pedido

Homem bom de garfo feito seu Mundico era difícil encontrar. Por isto, foi um espanto ele não tugir nem mugir quando chamaram para o almoço. Deram com o velho na cama, estrebuchando de dor. De manhã, tinha clamado de boca amarga, um incômodo na barriga. Depois, queixou de arroto choco. Agora estava ali, empanzinado a não poder mais.

Dona Esméria veio com purgante, nada. Lavagem, nem pensar. Com a homência ofendida, o marido botava a casa abaixo só de ouvir falar.

Perto do meio-dia, o purgante ameaçou fazer efeito, mas foi trovoada à toa. Pior foi a febre, que não havia meio de ceder.

O dia acabou, passaram a noite em claro numa labuta sem fim: compressa de água fria, álcool, sinapismo, semicúpio, emplasto, reza, promessa, simpatia. Tudo pra nada.

De manhãzinha, dona Esméria sentenciou:

— O Mundico não vai morrer à míngua nesse fim de mundo, juro por tudo o que há de mais sagrado.

Mandaram um portador informar na farmácia de Santana e trazer o remédio.

— E há de ser voando! – decretou a fazendeira.

No galope o portador foi, no galope ele voltou. Trouxe uma caixa de supositórios, mais fácil de aplicar do que o clister, a lavagem intestinal, o chamado chá de bico.

Mesmo o supositório foi a poder de muita conversa, a patroa engambelando:

— Que que é isso meu velho, é pro seu bem, deixa de ser niquento.

Geraldo, genro e sobrinho, ficou incumbido da tarefa. No jeito e no muque, venceu a arrelia do sogro, que chiava, retorcia, gemia e esbravejava, xingando escabrosos palavrões.

Passaram a tarde, uma segunda noite na maior peleja, sem resultado. Quando o galo cantou pela terceira vez, estava tudo preparado. Depois de muita discussão – carro de boi dava muito baque, cadeira não dava pega nem segurança – deitaram sô Mudico num catre, quatro caboclos dobrados ombrando, e a procissãozinha madrugou, aproveitando a fresca da manhã. A patroa, boa cavaleira, acompanhava montada no Soberbo.

O velho fazendeiro parecia um molambo, não dava fé de nada; era só um gemido, fraco e comprido, de cortar o coração. "Será que ele aguenta", sussurrava um; "Deus permita", respondia o companheiro, aflito e descrente.

Queimando em febre, barriga que nem tambor, Mundico era um bagaço quanto entrou no arraial. O povo chegava na janela, parava na rua, admirado. Cochichavam, davam palpite, faziam o sinal da cruz. Um bobo acompanhou o cortejo, resmungando e batendo as mãos, dois vira-latas entraram na fila abanando o rabo. Quando abriram a casa, Tonico Farmacêutico entrou junto. Tomou pulso, tirou pressão, apalpou, botou termômetro, todo mundo naquela aflição. Curiosos iam aparecendo, pescoço esticado para acompanhar.

De repente, o alvoroço:

— Tá fazendo termo, coitado. Deus tenha piedade da alma dele... – falou a voz esganiçada de uma mulher franzina.

Trouxeram vela, crucifixo, água benta, palma benta,

começaram a rezar, com alto fervor, a "Oração da Boa Morte". Dona Esméria lembrou da peleja com os supositórios, lançou um olhar desolado para o quase defunto e disse, com voz de choro e arrependimento:

— Se eu soubesse, tinha poupado meu velho de tanta humilhação.

Mundico esbugalhou os olhos, mexeu os lábios, sem força para falar. Interromperam a reza: "Quem sabe não é um último pedido?"

O moribundo olhou para a vela, firmou as vistas na chama e pediu, apavorado:

— Ah, gente, pelo amor de Deus, acesa não!

Consulta

Preparando o almoço, mãe e filha conversavam na cozinha. Dona Sinhá picava couve, a mão esquerda apertando o molho, a direita indo e vindo com a faca, movimentos rápidos, as tiras fininhas caindo na cuia. Dália fritava batatinha.

Dona Sinhá descansou a faca na cuia, apertou a mão direita um pouco acima dos quadris, envergou o corpo pra trás, e murmurou, meio fala, meio gemido:

— Ah, minha filha, não tô guentando mais essa dor nos quartos.

— Carece olhar. Vai ver é rim. De novo.

— Dianta não. Com a idade, é tanta macacoa, no fim a gente vira um caco.

— Bobagem, mãe. Diz que na cidade, agora, tem um doutor danado de bom lá no posto. Quem sabe a senhora não experimenta.

— Tenho fé em doutor de posto não. É uma pressa danada, atende na carreira. Quá, nunca dei certo com isso não.

— É. Mas pagar consulta e remédio ninguém dá conta.

Para animar a mãe, Dália lembrou:

— A senhora não vive falando que precisa visitar a madrinha Cotinha? Aproveitava, via esse soluço que não dá sossego. Dois coelho numa pancada só.

— Pensando bem, aí já valia mais a pena, né?

— Quando podia ser?

— Quem sabe, de hoje a oito. Senão passa muito, nem vale mais a visita.

Uma semana depois as duas vão direto ao posto. Esperam um pouco, chamam dona Sinhá. Ela entra e nada de sair. Dália custa aguentar a espera. Quando, afinal, a mãe aparece, ela diz, na maior aflição:

— Nossa Senhora, pensei que tivesse exalado lá de dentro!

Vendo a cara boa da velha, muda a pergunta:

— Então, gostou? Me conta, mãe!

— Superior esse doutorzinho – diz ela, puxando a ponta da orelha.

— Demorou pra danar, hein?

— É, ele faltou me virar do avesso. Queria saber de tudo, especulou até não poder mais: ondé qu'eu moro, quantos filhos eu tive, comida qu'eu gosto, que não gosto, pediu definição de tudo quanto há lá em casa, no fim perguntou se eu fazia um franguinho com quiabo pra ele. Precisava ver que doutorzinho mais ajeitado.

— Tá bom, mãe. Mas, e a consulta?

— Foi especial, minha filha. Não tô acabando de te contar?

— A senhora falou tudo com ele?

— Falei.

— Da dor nas cadeira?

— Falei, uai.

— Da zoeira na cabeça.

— Também.

— E ele?

— Uai, escutou na maior paciência, olhando pra mim, abanando a cabeça.

— E aí?

— Tomou nota, não perdia uma palavra.

— Sei. Mas o que ele falou que era?

— Negócio de pressão, deu amostra grátis, vou te mostrar.

— E o repuxo no peito respondendo na cacunda? E do negócio das junta, ameaço de encarangar no frio?

— Diz que é reumatismo. Mandou diminuir o sal, cortar carne de porco, evitar comida reimosa.

— Tá bom. E o soluço? Não era o principal, o que mais incomoda a senhora? Não acredito que esqueceu!

— Esqueci não.

— E o que que ele falou?

— Nada. Eu não perguntei.

— Não esqueceu, mas não perguntou? Me explica, mãe.

— Pra semana a gente vê.

O homem que veio de longe

No final de 1935, logo após a Intentona Comunista, ele foi a novidade do lugar. Pele clara queimada de sol, falava aos borbotões. De terno cáqui, botina gomeira, chapéu de feltro, ou de lebre para o povo da roça, queixava-se de uma dor de dentes. Durante o exame, os dois homens se examinavam, cada um duvidando que o outro fosse o que dizia ser: médico e dentista. Papai diagnosticou uma necessidade de adaptação à altitude, coisa que logo se resolveria.

— Aqui estamos a mil metros, o senhor deve ter vindo de um lugar próximo ao nível do mar.

Quando o cliente saiu, vovó Nhazinha advertiu:

— Cuidado, Nonô, que esse homem é comunista.

Acertou na mosca. Natural de Campos dos Goytacazes, RJ, Adão Pereira Nunes, também chamado Manoel, virou Luís no pequeno arraial. Fugido da polícia política, veio parar em Oliveira, por indicação de Evandro Chagas, seu colega de turma. Para refúgio, Virote indicou-lhe São João Batista, onde deveria procurar o dentista Demosthenes Romano e o farmacêutico Jair Valentim. Grávida de Nina, Alayde veio depois, de carro de boi, até a Usina. Lá, o marido a esperava com um cavalo arreado. Esquecida do codinome combinado, ela o abraçou eufórica:

— Salve, meu Adão!

Na fumaça da pólvora, ele respondeu:

— Minha querida Eva, estamos no paraíso.

O dono do cavalo desconfiou, espalhou sua dúvida à boca pequena, mas é como Dr. Luís que, até hoje, o médico é lembrado, embora tenha permanecido pouco mais de um ano no lugar. Na saída, a cavalo, acompanhado de Alayde, Nina em um travesseiro na cabeça do arreio, a pequena comitiva que levou os viajantes até a Volta do Brejo os comparou à Sagrada Família, embora os pais fossem ateus e a criança, uma menina.

Pereira segurou um lugar de dentista para o papai em João Pinheiro, como fez depois em Cosmorama, interior de São Paulo. Mas a falta do diploma, supostamente queimado num incêndio na escola, mas trancafiado pela ditadura Vargas, o mantinha clandestino na profissão. "Doutor Luís" nunca perdeu contato com nossa família e a amizade permanece na filha Abigail, Biga, que, em 1962, apareceu nas páginas de "O Cruzeiro" como guerrilheira na selva equatoriana. Adão Manoel (Luís) Pereira Nunes foi sempre forte referência por sua coragem e coerência. E também por dialogar com nosso pai em suas solitárias buscas sócio-comuno-humano-existenciais-anárquicas e espiritualistas. Deputado federal cassado, refugiou-se no Chile. Atendeu o admirável jornalista Guy de Almeida e recomendou à irmã superiora do hospital que cuidasse bem dele, pois tratava-se de conceituado monsenhor brasileiro. Depois que nos visitou no Rio, em 1970, minha filha Ana, com pouco mais de dois anos, virou Doutor Pereira nas brincadeiras com Paulo, por causa de seu cabelo liso, caindo sobre os olhos. Para minha alegria, compareceu ao lançamento de *Casos de Minas*, em 1982, na Livraria Argumento. Na volta de Betinho do exílio, Pereira aparece a seu lado no aeroporto. Ligou-se ao senador Saturnino Braga, de quem foi suplente. Dá nome a um hospital em Saracuruna, Duque de Caxias.

Uma frase de dona Alayde magoou mamãe, mas deve ter funcionado como poderoso acicate: "Se esses meninos não estudarem, vão ficar pegando cavalo para os outros".

A garrafa de vinho Casal Garcia, presente dele, ficou uma eternidade esperando "quando o Pereira vier". Ironicamente, acabou ajudando a alimentar o incêndio que destruiu nossa casa em Oliveira, do qual só se salvou o relógio de parede. Com a caixa de madeira sendo devorada pelo fogo, testemunhou, funcionando o tempo todo, a impiedosa marcha das chamas.

Presépio temporão

O Natal já ia longe. A vida prosseguia, cada dia com sua lida.

Dos magos, vindos de longe, restava a lembrança das folias, vozes em requinta, o mascarado saltitante, violas cheias de fita.

Em São Gonçalo do Rio das Pedras, no lento passar do tempo, os marmeleiros vergavam-se, amarelos.

Na casa de dona Geralda, o Menino, tão pequenininho, permanecia na manjedoura.

Açulado por repetidas recomendações, fui conferir.

Admirou-me a forte presença de um presépio tão absurdamente temporão, pois já vigorava, plena de roxos e culpas, a Semana Santa. Uma freira de São Paulo lamentou que o sobrinho, garimpeiro de costumes e tradições, não pudesse apreciar aquela joia cabocla. O desejo da religiosa, passado de casa em casa, virou decreto quando Sinhana do Ponciano, mestra em dizer o que lhe vinha à boca sem passar pela cabeça, perguntou, despercebida:

— Quem sabe o Menino não esperava pra abençoar o moço de Sompaula?

Obra de anônimo amor fraterno, o presépio alastrara-se em piedoso mutirão, cada ano mais caudaloso. As coisas mais singelas faziam bonito, serviam de enfeite e agrado: uma barba de pau, uma orelha de burro, um gafanhoto descomum, ovos de passarinho – marchetados e coloridos

–, uma pedra diferente, semelhando gente ou bicho, um toco ou forquilha figurando parecença estúrdia. Tudo alegrava e expandia o presepinho original.

Ciosa guardiã da piedade coletiva, Dona Geralda conduziu a visita, explicando cada tintinzinho de coisa, objeto, gesto de devoção. Falou do princípio dos começos, tudo cabendo numa caixa de sapato: o Menino, a manjedoura, José, Maria, os Reis do Oriente, um carneiro, uma vaquinha. Ah, fora da caixa, e guardada junto até o ano seguinte, a lata de goiabada onde, do arroz em casca em berço de algodão molhado, brotava robusto arrozal.

Com o tempo, romaria de gente contribuindo, foi crescendo, agora já ocupava metade do quartinho.

Ano que vem, conforme fosse, ela saía do seu canto, deixava tudo para o presépio.

— Quero ver se ponho umas lâmpadas aqui em cima, imitando umas estrelinhas – disse, olhar antecipando claridades.

— Ah, a senhora vai trazer o céu aqui pra dentro do quarto...

Como se ouvisse imperdoável heresia, esclareceu, temerosa:

— O Céu, não! Deus me perdoe. É só o firmamento...

A suçuarana

Vaca leiteira era na Água Limpa. Ali, debaixo dos olhos do dono, tudo prosperava. Já gado solteiro, bezerro desmamado, novilha prenha, mas não mojando ainda, vaca falhada, garrote recriando, era na Invernada, três léguas no rumo da Cachoeira Alegre.

Lá imperava Felizberto, sistemático, mas danado de trabalhador. Vivia correndo divisa, conferindo o estado da cerca e da criação, volta e meia dava sal e passava as vistas. Só tinha um defeito: danado pra sapecar uma mentira ou, como dizia o povo, queimar campo. Sô Camilo, o patrão, ficava fulo da vida. Mas, passada a raiva e pesadas as coisas, acabava relevando. Afinal, não andava fácil achar quem tolerasse viver num ermo daqueles, sem conforto nem recurso. Então, deixava o barco correr.

Um dia, o velho Camilo foi olhar a invernada, como fazia de vez em quando. Era hora de levar umas novilhas pro curral, não demorava a abrir mojo, logo dava cria. Como sempre, aproveitou pra conferir o gado. Conhecia cada rês pelo nome. Nascido na Água Limpa, sabia de que vaca era; no caso de compra, de quem é que tinha apanhado, quanto custou, quando tinha vindo pra invernada, tudo guardado no bestunto. Olha daqui, espia dali, deu falta do bezerro castanho manchado de branco, filho da Dinamarca.

— Cadê? Não tô vendo por aqui.

O capataz limpa a goela, dá uma baforada no pito e

responde:

— Eu até ia contar pro senhor, acabou não dando tempo. Esse tal, sucedeu um caso com ele...

— Ah, é? – disse o patrão dando corda. – E que caso foi esse?

— Uma suçuarana, sô Camilo.

— Uai, não sabia que andava dando onça por aqui não.

— Pois é. Precisava ver o tamanho da bitela. Que nem um garrote.

— E pegaram ela?

— Quando a cachorrama farejou, fez aquela latomia, eu peguei minha flobé. Fomo de galope, dei com ela já em riba do garrote.

— E aí?

— Aí, sô Camilo, grita daqui, estuma cachorro dacolá, mas era tarde: a gatona já tinha chupado o sangue do infeliz.

— E ela, deu pra matar?

— Na hora, patrão. Morreu sem saber de quê que foi.

— Em todo caso, então valeu a pena, né mesmo?

Passou. Escolhido o gado que ia pra fazenda, Camilo aceitou o café da comadre. Antes de entrar, ele viu, num galho de jacarandá do lado da casa, um couro esticado, secando. Pelo tamanho, era o garrote que faltava. Mais de perto, reparou que era castanho escuro, machetado de branco, igualzinho o filho da Dinamarca. Indagou, apontando:

— Uai, Felizberto, que couro é esse?

— É a suçuarana. A cuja que eu falei.

— Mas e a minha marca, bem no quarto direito?

— Sim, senhor. E não havera de ser?

— Como é que pode uma coisa dessa?

— Conforme eu contei, foi a conta dela matar o bezerro e a gente chegou. Aí lembrei do ferro de marcar que sempre andava comigo.

— Sei – respondeu o patrão, esticando a corda.

— Botei a cachorrada tomando conta da onça, quentei o ferro até ele avermelhar. Então, taquei nela, com vontade. E ainda falei: Isso, ó, é procê aprender a sair matando criação dos outro por aí. Cê morre, desgraçada. E com a marca do patrão. Que é o dono dessas terra e de tudo o que veve por riba desse chão.

Clovinho, a borracha e a Constituinte

Observando o filho fazer o para-casa, Terezinha pensa, divertida: "Esse menino é fogo na roupa". Ele ia lendo as perguntas em voz alta, imediatamente cantava a resposta, logo passada para o papel.

O que aconteceu com os Inconfidentes? Morreram todos. Enquanto escrevia, ia falando:

— A professora não vai poder achar ruim. Depois de tanto tempo, aposto que não tem mais ninguém vivo. – Ainda bem que a mãe, vigilante, logo faz o filho esperto corrigir a resposta.

Outra vez, foi com o Clóvis:

— Pai, me dá dinheiro pra comprar uma borracha?

— Pede à sua mãe, Clovinho.

— Mas não é uma borracha comum não.

— O que ela tem de especial?

— É toda colorida, forma o mapa do Brasil.

— O que mais?

— Cada estado é separado, no fim monta o quebra-cabeça.

— E pra que você precisa de uma borracha dessas?

— É legal demais, pai. Um monte de gente tem, eu também queria.

— Mas a divisão do Brasil vai mudar, a Constituinte pode criar novos estados.

— Quais?

— Tocantins, em Goiás, o Triângulo quer separar de Minas, a borracha fica desatualizada.

— Aí, depois que a gente souber como é que fica, pode cortar no lugar certo, dividir os estados na borracha.

— Bobagem, Clovinho. Acho que é jogar dinheiro fora.

— Ah, pai, mas tá na promoção: uma borracha e o corpo humano junto por uma mixaria...

— O corpo humano também?

— É superlegal. Separa tudo, a gente pode estudar por fora e por dentro. Os membros, a cabeça, o coração, fígado, estômago. É o maior barato, cê precisa ver.

O pai titubeia, mas não dá o braço a torcer:

— Vamos fazer uma coisa, filho, vamos pensar melhor, depois a gente resolve.

Olha a cara de decepção do filho, quase cede. Mas resolve ganhar tempo:

— Sei não, acho desperdício, podia gastar esse dinheiro com uma coisa mais útil.

— Ah, pai, faz favor.

— Depois a gente conversa. Preciso tomar banho, senão atraso.

Abre o chuveiro, respira fundo, mas o alívio dura pouco. Do outro lado da porta, Clovinho pergunta:

— Pai, a Constituinte vai mudar o corpo humano também?

No tempo de antigamente

O convite veio pelas mãos de Rachelzinha, minha neta, então com oito anos, assinado por todos os colegas de sala. Na hora do encontro, soube que seriam quatro turmas. O auditório, lotado de crianças sentadas no chão, era um viveiro de passarinho, animação a ponto de virar bagunça.

Comecei dizendo que estava muito feliz de estar ali, mas, fazendo de bobo, falei que não havia entendido bem o convite, perguntei quem podia me explicar o que é que eu tinha ido fazer lá.

Dedo apontado, escolhi o dono de uma das muitas mãos que se levantaram. Ante o súbito silêncio que então se instalou, ele disse:

— Você veio contar como era antigamente.

Comecei dizendo que, antigamente, quase todo mundo vivia na roça, em fazendas e sítios, no máximo em pequenos povoados e vilas. Muita gente morria sem conhecer uma cidade grande. Os poucos que precisavam vir a Belo Horizonte, em geral para procurar médico e tratamento que não existia mais perto, voltavam contando mil maravilhas. Sô Nhonhô Silveira, parente e amigo da família, batizou de Bleriot um de seus cavalos mais imponentes. Engenheiro francês, Bleriot virou nome de um edifício no centro da cidade em cujo topo havia um holofote.

Para dar um tom mais divertido à prosa, contei do

sujeito que, depois de sair do médico em um dos andares mais altos de um edifício, desceu de elevador. No térreo, perguntou:

— Quanto é?

Informado de que era de graça, ordenou, cheio de rompante:

— Então toca pra rodoviária!

Expliquei, que não havia água corrente nas casas, nem luz elétrica. Que, nas fazendas, as pessoas acordavam antes de o dia amanhecer, dormiam com as galinhas e trabalhavam de sol a sol. Pela falta de água encanada e por causa da herança portuguesa, só se tomava o chamado banho geral, ou banho de corpo inteiro, uma vez por semana, aos sábados. Lembrei-me do viajante que foi pousar numa fazenda, onde chegou depois da janta. Envergonhado de pedir comida, tinha o estômago nas costas quando a dona da casa trouxe a bacia com água quente para ele lavar os pés. Dali, era pra cama, barriga roncando, noite inteira sem dormir. Respirou fundo, tomou coragem e perguntou:

— Lavá os pé com o estamo vazio num fazerá mal não, sá Donana?

Aproveitei o interesse da criançada para explicar que as pessoas viajavam a pé ou a cavalo. Com tropa ou boiada, faziam três, quatro léguas por dia. Cavaleiros treinados, em boa marcha, não passavam de cinco. Perguntei o que era légua, uns vinte levantaram a mão. O escolhido, talvez pensando em Júlio Verne, disse que légua era uma espécie de submarino, afirmativa apoiada por numerosos colegas. Passado o burburinho, perguntei quem achava que légua era outra coisa. Um aluno, muito sério, disse que era uma medida.

— Uma légua mede seis mil metros – informou, com segura precisão.

— Com quem você aprendeu isto? – indaguei.

— Com Chico Bento. – Disse ele, referindo-se ao personagem caipira da Turma da Mônica.

As professoras e a supervisora se entreolharam, então esta disse:

— Viram no que dá a gente subestimar a leitura deles?

Dias depois, referi-me ao episódio em duas oportunidades. A primeira, na "Primavera dos Museus", em animada manhã de sol nas dependências do museu Abílio Barreto; a segunda, na Escola Municipal Hélio Pelegrino, no bairro Guarani.

Diante de jovens e adultos da turma de EJA, que lotavam a quadra esportiva, contei o ocorrido com as crianças da Escola da Serra e perguntei o que era uma légua. Uma senhora já grisalha, segura e cheia de gestos, disse que era uma distância grande até um lugar muito longe. Indaguei quantos quilômetros, ela disse:

— Ah, uns trinta e dois!

Eu disse que então era uma légua muito grande, o que ela confirmou com gestos enfáticos.

Dia desses, abri o jornal e me voltou o tema da légua grande.

Seu Gabriel, montado em uma enorme besta ruça, costumava aparecer na Serra, fazenda onde meu tio Cajuca comprava e vendia gado de corte. Uma tarde, os dois conversando no alpendre, seu Gabriel perguntou a distância até os Morais.

— Passa pouco de quatro léguas. – Informou meu tio.

O visitante calculava em cinco, meu tio, treinado naqueles caminhos, não arredava das quatro. Sem dar o braço a torcer, o boiadeiro-visitante disse:

— Só se for quatro léguas da besta ruça. – E vibrou o erre de ruça, aumentando a importância da mula e sua toada até os Morais.

Até hoje, cinquenta e tantos anos depois, tio Cajuca ainda fala na besta r-r-r-r-ruça.

Mas a besta é só um volteio, como os de seu Gabriel.

Um dia ele perguntou:

— Ô Cajuca, você já viu falar na Capela do Livramento?

Diante da resposta negativa, continuava:

— E Carandaí, você já teve lá?

Meu tio só havia passado por Resende Costa e Dores de Campos; Carandaí, não. De Prados, conhecia seu Pedro Arreeiro, que todo ano passava vendendo suas mercadorias, arranchava na Serra, ficava por lá dois, três dias, às vezes mais, dependendo da freguesia.

Depois de muito volteio, seu Gabriel, quase chegando aonde queria, indagou:

— E no Chico Necreto, cê já viu falar?

Sem esperar a resposta, chegou ao ponto de engrenar a história:

— Chico Necreto morava umas três léguas retirado da Capela do Livramento. Uma certa ocasião, ele tinha uma boiada pra vender...

A notícia do jornal, a informação que me causou pena e espanto, é que a Capela do Livramento, uma singela e despojada joia do século XVIII, teve roubadas as portas que a protegiam da cobiça e do vandalismo, tão em voga nos dias de hoje.

Lá se foi um dos relicários de minhas ingênuas lembranças de menino da roça.

São Francisco, caminho das águas

De BH à foz, a bem dizer, foram três semanas.

O plano original era descer o rio até Juazeiro na barranqueira Manga, movida pelo empurrador Santa Helena, a uma velocidade média de 30 quilômetros por hora, mas logo encalhou. Primeiro, na companhia de uma chata com cerca de duzentas toneladas de grãos, para ajudar nas despesas de transporte do grupo. Depois, num banco de areia que nos manteve retidos antes de São Romão por trinta horas.

Com a velocidade real passando a um terço da estimada, fomos deixando na correnteza o calendário inicial. Em seguida, caídos num buraco negro de comunicações, nem dava mais para avisar a previsão de nosso atraso.

Na tentativa de reduzir frustrações, começamos a improvisar, mesmo sabendo do encanto provocado pela chegada da barca, àquela altura já impossível.

No primeiro encalhe, perto de Ibiaí, a gente achou que era coisa à toa, logo desagarrava. Mas fomos ficando, quem sabe encantados no marulho da correnteza, na picardia de um cabelo da Mãe d'Água, na presepada de um Nego d'Água sem o que fazer, os vapores parados de correr, as cantigas dos remeiros há tanto silenciadas...

A tripulação, homens treinados para lidar com o rio e seus mistérios, saiu de bote, mediu profundidades, tateou rastro perdido do canal, depois ligou o rebocador à toda, na inútil trepidação de máquinas, cordas e cabos. Finalmente, rezou reza decorada, esquecida ou inventada, ali no sojigamento da precisão, aflição sem nunca querer esbarrar, apelando para São Francisco, padrinho do rio e de todos os viventes em roda, irmão da água, da terra, do fogo, do ar.

Enquanto isso, cantava-se. Principalmente Frei Chico, Josino Medina com sua violinha-menina embarcada pelas mãos do Rui e enleada de seduções. E lembrava-se do lundu, do carneiro, do gambá e da margarida de Pirapora, as alegres moças de São Gonçalo, os três cegos jurando terem visto o amor deles no meio do canavial. De tanta boniteza os rostos deles transfiguravam-se no esquecimento de congênita cegueira, pai e filhos irmanados.

E Frei Chico, batendo alegrias no violão, indagava do canoeiro o que é que trazia na canoa. "Truxe ouro, truxe prata, truxe muita coisa boa", ripostava. E ainda jurava ser negociante, ser principiante, "comprador de gado e diamante".

E a gente, quase esquecido do encalhe, chegou a São Romão com trinta horas de atraso. Mesmo assim, desconfio, porque o comandante Nestor resolveu negociar o fumo e a cachaça do Nego d'Água. Senão, era capaz de estarmos agarrados por lá até essas horas, sem lembrar das areias caídas de margens desmatadas, do rio morrendo por culpa de nossos esgotos, garimpos e descuidos.

Os caboclinhos de São Romão rivalizavam com as moças de São Gonçalo, as velhas do batuque e as crianças da cavalhada, mesmo um dia e meio depois do previsto. E o prefeito denunciou o assoreamento do rio, que tanto nos atrasou.

Em São Romão, deixamos o barco para trás. Comendo poeira, chegamos à noite em São Francisco. Para diminuir a decepção, aparecemos de balsa, escoltados por lanchas. No cais, uma multidão nos recebeu e acompanhounos pela cidade até o lugar das Folias de Reis, marinheiros fardados, cacete na mão, combatendo o inimigo. Depois, o boi, o lundu, o carneiro e a suça. Praça cheia, povo na rua, banda tocando para encerrar a noite e preparar descanso antes de mais um dia de trabalho.

Novamente embarcados, chegamos a Januária. Do porto ao centro, iluminava-se de tochas todo o trajeto. Na orla, seguimos a pé, precedidos pela trupe do Igam – Instituto Mineiro de Gestão das Águas, que nos acompanhou desde Pirapora, com beleza e competência. Pernas-de-pau, cuspidor de fogo, curandeiro, atores surgindo na janela dos antigos sobrados, o povo acompanha, encantado, a estória do rio, nascido das lágrimas de uma bela índia, sua degradação e morte dramatizada por enorme peixe, afinal ressuscitado a poder de muita reza, promessa, responso e benzeção.

Em Januária, intenso trabalho, três gerações no singelo e tocante São Gonçalo, o maculelê e a capoeira, a famosa cachaça da terra, as rezadeiras e seus benditos ao cair da tarde seguinte, o rei do cacete, o boi animado com um feroz tamanduá, folclore noite adentro.

Em Bom Jesus da Lapa, a secretária de educação chora a decepção da cidade que nos esperou carinhosamente por todo o dia anterior. Trabalhamos do jeito possível, depois da visita ao Santuário, impressionante experiência de fé e religiosidade. De chapéu de palha com fita verde, característico dos romeiros, chegamos cantando: "A igreja da Lapa é feita de pedra e luz...".

Em Paratinga, o antigo Santo Antônio do Urubu de Cima, que inspira belo texto de Guimarães Rosa e é terra de nosso companheiro Carlos Fernando, recepção principesca, incrível café da manhã, apresentação de grupos folclóricos, banda de pífanos, lamentação das almas, roda de samba, missa celebrada por Frei Chico com intensa participação de todos, tudo apagando as agruras da véspera.

De Ibotirama a Barra, outra vez por terra para evitar novos atrasos. É que, depois de muita discussão, outras chatas foram agregadas à barranqueira. Levando agora quase 900 toneladas de grãos, era impossível cumprir o programa rio abaixo. Chegamos a Barra à noite, dormimos todos juntos, em colchões espalhados pelo chão. Brotamos de manhã no cais, recebendo o carinho da cidade. Mas todo mundo queria saber era da barca, que só iria chegar no outro dia, imponente e embandeirada, para nossa alegria e encanto do povo ribeirinho.

O último trecho navegável, que terminava em Juazeiro, foi aguardado com grande expectativa, principalmente a travessia do lago, onde ondas gigantescas se levantavam. Navegaríamos sobre Remanso e Pilão Arcado, cidades submersas. Na celebração do domingo, seu Bartolomeu falou do cemitério, da fundura da represa, do desejo de mudá-lo antes da inundação, da opinião dos mais velhos, para quem "os mortos estavam descansando em paz" e não deveriam ser perturbados. Assim, em todas as cidades afundadas, como chamam por lá, os mortos jazem debaixo d'água.

O plano de chegar a Juazeiro pelo rio ficou no sonho. O barco quebrou, viajamos de ônibus a partir de Novo Pilão Arcado.

Juazeiro e Petrolina receberam-nos amorosamente, exibindo cultura, progresso e hospitalidade, mas assombrando com estórias do fim do mundo, o rio inundando tudo.

Em Propriá, perguntaram se FHC ia mesmo vender o rio. Na partida, um velho pescador chorava por não haver mais piaba, estudantes exibiam veementes cartazes contra a privatização.

Finalmente, Penedo, Piaçabuçu, a foz. O Cabeço tomado pelo mar, o rio salinizando estórias do cemitério invadido, caixões boiando. Na volta, poente vermelho, curimatá saltando em curva na frente do barco, o piloto fala, como quem murmura:

— Peixe danado pra gostar de sol é o curimba.

Sem falar nos trabalhos acadêmicos, o visto e vivido rendeu livro, vídeo, CD, filme, ensaio fotográfico-literário, estudo antropológico ou sociológico, análise econômica, poema, relatório de meio ambiente, libelo às autoridades constituídas, oração e blasfêmia.

Das onze cidades visitadas entre Pirapora e Penedo, fica a memória de milhares de rostos e vozes, acordes, foguetes e bandeirinhas, lágrimas e vivas, passos e gingas, gestos e alegorias, denúncias, discursos, súplicas e esperanças.

Difícil mesmo é voltar ao mundo dito real quando ainda se traz no corpo o mareio do rio, nos ouvidos o barulho da água, na alma a lembrança de noites estreladas de sonho e silêncio.

O mundo de cada um

Na tevê, por causa do horário de verão, o ano novo chegou treze horas mais cedo. O céu, colorindo o final de nossa manhã, trouxe beleza e esperança a um mundo cansado de crise econômica, roubalheira, violência e fanatismo. O espetáculo luminoso começou em Pyongyang, na Coréia do Norte; Vitória e Sidney, na Austrália; caminhou para Awkland, na Nova Zelândia e alcançou Bangcok, na Tailândia. Enquanto os cenários iam mudando na tela, eu viajava no tempo e na memória.

Em 1973, com a morte de Salvador Allende, presidente do Chile, no Palácio de La Moneda, durante o golpe militar de Pinochet, a brutalidade entrou, instantânea, em nossas casas. Laércio Campos, saudoso amigo e compadre querido, impressionou-se por assistirmos a um episódio que acontecia praticamente diante de nossos olhos, transformando-nos em testemunhas oculares da história, como dizia o Repórter Esso, numa época em que ninguém sonhava com tempo real.

Mais recentemente, pelo Facebook, perguntei a Alice Barreto, filha de Letícia e Ronaldo Barreto, que acaba de nos deixar: "Você, que está algumas horas à frente, o que vê por aí?". A resposta, singela, quase prosaica, foi: "Meu marido, trepado numa escada, pintando o teto".

Em 1994, dona Leontina e seus muitos filhos assistiam ao noticiário da Copa nos Estados Unidos. Quando o repórter, encerrando a matéria, disse "Direto de Los Angeles, para o Jornal Nacional", a matriarca fez um muxoxo e protestou:

— Hã, 'direto de Los Angeles'! Esse povo pensa que a gente é bobo? Um solão desse lá e aqui nesse breu!

A filha mais velha lembrou da conversa delas sobre fuso horário, a hora diminuindo no mapa da direita para a esquerda, acompanhando o caminho do sol.

— Lá são quatro horas mais cedo, mãe.

Aflita, dona Leontina botou as mãos na cabeça:

— Aqui em casa tem gente que frequenta centro espírita, uns são carismáticos, outros são crentes, tem quem goste de candomblé, de ler carta, de ler mão. Cada um faz o que quer, eu nunca me importei. Agora, pelo amor de Deus, ocês me deixem quieta com minha religião!

E tem o caso do cisterneiro que, cansado de furar sem encontrar água, perdeu noção de tempo e lugar. Lá do fundo, viu uma claridade na boca do poço parecendo lua cheia. Quando o galo cantou no terreiro, pensou: "Eta-ferro! Já tá amanhecendo no Japão...".

Levado pelo patrão ao planetário, Sebastião saiu de lá apavorado:

— Nunca pensei que a Terra fosse uma bola rodando solta, perigo de trombar, a gente despencar no espaço.

Terminadas as explicações sobre órbitas, lei da gravidade, os astros girando na mais perfeita harmonia desde que o mundo é mundo, não se convenceu:

— Ah, professor, mas isso é o maior perigo, agora não consigo mais dormir sossegado!

De volta das férias, Beatriz mostra para Maria, mestra em temperos e sabores, as fotos da praia. Maria, numa onda enorme, para e fala admirada:

— Já pensou, dona Beatriz, quando chega lá adiante, que baita cachoeirão não deve formar?

Na viagem de ônibus, um passageiro diz:

— A gente está indo para o sul, não é?

Intrigado, o amigo pergunta como ele sabia.

— Pelo rumo do sol, uai: leste à direita, oeste à esquerda, norte à frente, sul atrás. Você não estudou isso no primário?

Com olhar vazio, o companheiro responde:

— Ah, mas isso eu só sei quando estou lá em casa!

Quando tio Joaquim foi à cidade pela primeira vez, vovó Sebastiana ficou em casa, pensando na aventura do filho. Na volta, todo animado, ele contou o que viu, o que fez, o que escutou, o que comeu, aonde foi, quem encontrou, o que gostou. Falava aos borbotões, tudo misturado no encantamento por conhecer Bonsucesso. A mãe quis saber o que ele mais havia gostado.

— Uma velha comendo pão na janela.

Ao completar oito anos, Tiãozinho, montado no piquira pampa que acabara de ganhar, foi com o pai dos Romeiros a São Tiago. Ia todo intimado, pois era a primeira viagem com as rédeas na mão. Antes, na garupa, só via as costas do cavaleiro adulto e as coisas que passavam do lado. Agora, com o mundo todo à frente, a viagem era outra. Na cidade, escutou conversa de homem na farmácia, ouviu música caipira no rádio do armazém, comprou bolinha de gude pra enfeitar as vistas e invejar os irmãos, um canivete corneta, um pente flamengo e um espelhinho de bolso. Comeu pão de sal com sardinha e guaraná no bar antes de pegar a estrada de volta. Chegou em casa com o traseiro ralado daquele estirão de oito léguas, ida e volta. Mas a alma estava cheia de uma alegria nova. Quando perguntaram o que tinha achado da viagem, o menino estufou o peito e revelou sua importante descoberta:

— Olha, gente, quem quiser saber como este mundo é grande, viaje pros lados de São Tiago!

Parentesco

O senador Carlos Viana é meu primo, nossos avôs eram irmãos. Meu avô morava na Serra, meia légua de Morro do Ferro, e tio Sebastião nos Morais, município de Bonsucesso. Andejo, cheio de papeata e bizarria, zanzava a cavalo pela Carapuça, Romeiros, Chapada, Jacaré, Ponte de Pedra, aquele mundo antigo sem estrada de automóvel. Contando casos, inventando potoca, divertia as pessoas, fazia o povo rir. Reservista de terceira categoria, nem continência sabia fazer. Mas era conhecido por Majó.

O filho Juca veio parar em Belo Horizonte, casou-se com Noeme. A bordo de imensas carretas da Cemig, transportava enormes transformadores. Os meninos tinham orgulho do pai e admiravam nele o coração bondoso e o amor pelo trabalho. Noeme cuidava das crianças, vendia artesanato na Feira Hippie. Mesmo com o marido sempre na estrada, quatro filhos pra criar, concluiu o curso normal.

Carlos madrugou na lida. Engraxando sapato ganhou os primeiros trocados, mas buscou no estudo o finca-pé para caminhar na vida. Curso primário em escola estadual, ginásio no Sesi de Contagem, tentou vaga no Colégio Ordem e Progresso, da Secretaria de Segurança, agarrado ao Banco de Desenvolvimento, onde era office boy.

Com todas as salas lotadas, a secretária prometeu ajudá-lo no ano seguinte. Sem tempo a perder, me pediu uma palavra ao diretor da escola. O delegado Spartaco Pompeu, atarracado e gentil, um baita 38 no coldre, mandou colocar mais uma carteira na sala para o jovem promissor.

Carlos foi vendedor, trabalhou na Lufthansa, teve negócios próprios no comércio, estudou inglês e alemão, ampliou horizontes e iniciou a carreira como repórter no final dos anos 90. Formado em comunicação, pós-graduado em gestão estratégica de marketing, professor universitário, passou a comandar programa de grande audiência na Itatiaia e tornou-se apresentador na TV Record Minas.

Porta voz dos clamores populares, insatisfeito com o descalabro dos costumes políticos, lançou-se candidato a senador. Sem recursos financeiros nem estrutura partidária, surpreendeu com sua vitória.

Nossa prima Vivina, consagrada escritora, rememora uma cena de janeiro de 1985. De volta.a São Paulo, depois de dois anos em BH, contrataram uma empresa de mudança. "Apareceu lá em casa, no bairro Santa Lúcia, um rapaz tão bonito quanto simpático. Enquanto anotava tudo o que deixaríamos para trás, a quantidade de livros, falou de seu gosto pela leitura."

No final, dei meu nome, e ele se surpreendeu quando eu disse, em tom casual:

— Também sou Viana... De Oliveira, minha mãe é daquela região.

— Meu pai também, ele nasceu lá pertinho, num lugar chamado Morais...

Nesse momento, eu deveria ter feito a pergunta clássica – você é filho de qualé? –, mas me contive.

— Como é o nome de seu pai?

— Juca Viana.

— Meu primo primeiro. Minha mãe é irmã da mãe dele, acredita? Minha tia Maria é sua avó, seu tio Jairo, irmão gêmeo de seu pai, é companheiro de minha irmã...

— A Delza é sua irmã?

Anos mais tarde, com as andanças de Carlos pela região, começaram a desenterrar os casos que tio Sebastião enfeitava com boas doses de humor e fantasia.

No balaio de lembranças deram com a polícia na venda da Figueira. Depois de muita bebedeira, a conversa virou briga, um sujeito matou outro a facada. Veio a polícia, interrogou todo mundo, pediram o depoimento do tio Sebastião.

— Prefiro ficar quieto no meu canto, não gosto de confusão.

— Mas a confusão já está feita, e o senhor é testemunha. Tem de depor.

Ameaçado de ser conduzido a Bonsucesso, aumentando a enrascada, ele cedeu.

Quando o delegado leu a papelada, perguntou quem tinha dado o tal depoimento. O soldado informou:

— Foi o seu Sebastião Viana, testemunha ocular, residente nos Morais.

O delegado bateu o dedo na assinatura e perguntou:

— E como é que vocês explicam isso aqui. Viu como ele assinou: "Joaquim José da Silva Xavier"??!!

Durante a campanha, numa reunião com seus conterrâneos, nosso futuro senador viu um menino apontar para ele e perguntar ao pai:

— Esse aí é que é o neto do Tiradentes?

Por parte de mãe

Zulmira, minha avó materna, Dinha para nós, se orgulhava das cinco tábuas dadas. Meu avô, o mais recente recusado, entrou na repescagem para evitar que Avelina se casasse antes, fazendo pinguela sobre a irmã mais velha.

Dinha vivia ocupada. Café com quitanda para os retireiros, dia amanhecendo; apalpação de galinhas, soltando logo as que não iam botar; fazer queijo. Respeitava apenas a Sexta-Feira da Paixão. Num tempo em que só se comprava sal e querosene, o algodão, descaroçado, virava carda, fio, meada, pano. Dava gosto ver minha avó fiandeira. Pai Límpio, meu bisavô, só usava roupa "feita cá". Quando via a filha, o genro e os netos indo para a festa no arraial, fazia velada censura, puxando o "erre": "Cês tão numa rrriqueza danada!". Interrompido o toc toc do monjolo, o arroz era peneirado, casca voando no terreiro colorido de passarinho. Aguar a horta-de-couve, plantar mudas, arrancar mato era diversão diária, enquanto apreciava as contínuas novidades da natureza. Cuidar do jardim, tirar formiga, ver o brotar das flores era singelo e bom contentamento, mesmo de semblante sempre sério. Matar porco, fazer biscoito, quebrava a rotina, aumentava o movimento. Cozinha cheia, cada um se servia nas panelas, no rabo do fogão, e comia sentado, prato na mão. Comida de sal era farta e franca; sobremesa, regrada. Ela dava as muitas opções, a pessoa escolhia: leite com angu ou mandioca, banana com queijo, rapadura, doce de leite, goiabada etc. Um dia, desconhecendo os costumes, alguém quebrou a regra: "Vou experimentar essa goiabada com queijo primeiro". Com boiadeiro vindo de longe, serão rendia duradouras novidades. Gato, cachorro e passarinho pediam cuidados constantes. E o dia terminava com o terço puxado por tia Zoé, vovô cochilando apoiado no baú.

Uma vez, tomei coragem e entreguei à minha avó um embrulho com duas bananas emendadas:

— Paga meu filipe!

Ela cumpriu o preceito e me deu uma moeda tirada da renda dos ovos.

Anos depois, ao visitá-la, eu levava um pacote de balas, um de cigarros e uma lata de biscoito, que durava uma eternidade.

Meu tio trouxe de São Paulo, com todo o cuidado, uma planta e uma história: era Ave do Paraíso, de flor branca e cheirosa, garantira o cego de quem comprara a preciosidade. Ela deu uma olhada e disse, sem cerimônia:

— Ah, é imbiri, tem demais aí nesses brejos.

Tio Zinho reclamava a falta de um beijo, um abraço ao menos. Imaginei a infância severa dela, a carência de afagos na dureza de sua própria criação, lembrei-me da dedicação às plantas, flores e animas. Relembrei a implacável caça às formigas, revi o paciente cuidado para oferecer a mais gostosa marmelada de nossas vidas. Quis agradecer, dizer que lhe devíamos um troco. Mas ela já se fora.

Zé Nemésio, meu avô, era José Viana Barros. Nemésio era o pai dele, viúvo com filhas mais velhas do que Sebastiana, a esposa-menina de 14 anos. Conheci-a morando com tia Maria, em Oliveira, onde parte da família se reunia no domingo após a missa das oito. Vovó Sebastiana, com suave presença, abençoava a todos. Cheirosa depois do banho, eu costumava cortar-lhe as unhas do pé. Depois do enterro de tio Américo, primogênito da geração, vovô sentenciou:

— O cacho de banana começou despencar.

Experiente na execução de variadas tarefas, ele se dizia um homem prático e se gabava da habilidade no trabalho com madeira.

Um dia, querendo puxar assunto, perguntei se era verdadeiro o ditado "neblina na serra, chuva na terra; neblina baixa, sol que racha". A resposta foi seca:

— Tempo de chuva, todo sinal é de chuva.

Não acreditava no amor entre marido e mulher.

— Casa, depois acostuma.

Dava para notar.

Li para ele trechos de Mário Palmério. Ouviu com atenção e atestou:

— Este entende do assunto.

Respeitado como homem sério e isento, exemplar na lida e na vida, participou de muita partilha de terra como louvado, perito em cujo critério o juiz se louva. Ele voltava para casa cheio de histórias, feliz com o merecido reconhecimento.

A inimizade dele com meu pai nunca impediu que a Serra fosse o paraíso de nossa infância. Grávida 20 vezes em 28 anos, praticamente uma vez por ano, mamãe cumpria o ritual de apresentar aos pais o neném mais novo. Ia a cavalo, a criancinha no travesseiro amarrado à cabeça do arreio, um maiorzinho na garupa, de companhia. Vovô, pouco ligado aos netos menores, foi seduzido pela pequena Rogéria, um ano e meio, nos poucos dias passados na fazenda enquanto mamãe cuidava de Maria Ofélia, recém-nascida, acometida de grave infecção renal. Mas foi Rogéria quem faleceu logo depois, vítima de violenta desidratação.

Com um tinir de esporas no soalho, vovô brota aos gritos na sala cheia, diante do caixãozinho branco.

— Ah, meu Deus do céu, o que que essa menina foi fazer lá em casa? Eu nem conhecia ela, não sabia nada dela. E me pega pela mão, me acompanha pro chiqueiro pra tratar dos porcos. Pergunta tudo, especula sem parar, vovô isso, vovô aquilo. Por que uma coisa dessas foi acontecer?

E chorou, chorou muito, sem nenhum acanhamento. Depois se enfurnou casa adentro, um ambiente que nem conhecia. Encontrou a filha chorando, o genro, sempre tão impetuoso, acabado em dor e lágrimas. Sentou na cama, choraram juntos. Poucos dias depois, Dinha, que também não ia lá em casa, apareceu para uma visita.

Por parte de pai

No Tombadouro, Chico Theobaldo vivia numa simplicidade quase rústica. Viúvo, casou-se com a cunhada, que ajudou na criação dos filhos: quatro meninos, quatro meninas, todos com nomes começados por A. Quando ficaram moças, ele prometeu ao cunhado Mariano, chamado Maia, dar-lhe uma delas como esposa.

Solteirão, passado dos cinquenta, Maia era feio, malcuidado, caladão e sistemático. Morava sozinho, não usava tomar banho. Fedia. Mesmo de corpo lavado para a ocasião, não fez grande vantagem: em vez do costumeiro bodum, cheirava a sabão preto, feito em casa.

Postas lado a lado, as três primeiras refugaram. Ambrosina, Nhazinha, a caçula de 12 anos, imolou-se para cumprir a palavra do pai. Mas avisou:

— Vou zelar do senhor, respeitar como tio.

Quanto ao enxoval, foi clara:

— Quero tudo preto.

Numa época em que as moças ficavam analfabetas para não escapar ao controle dos pais, ela aprendera a ler escondido, filando as aulas do mestre-escola para os irmãos. Escrevia com espinho de laranjeira em folha de bananeira, picava e jogava fora para não deixar sinal. Mesmo com grafia tosca, letras faltando, era uma luz no atraso do lugar.

No batizado de uma sobrinha, estremeceu só de ver

Aniello Romano, o belo padre italiano recém-chegado ao arraial. Paixão fulminante, o amor venceu, ela praticamente analfabeta, ele não entendendo ainda o português. Altas horas, apareceu um portador com cavalo arreado, levou a menina moça para o padre. Ficaram quinze dias trancados, esperando a reação dos Theobaldos, com fama de brabeza e ignorância.

O povo do lugar acolheu com naturalidade a mulher do padre, 14 anos mais nova. Até arrumaram casa para eles. Tiveram quatro filhos: Carmélia, Aída, Umberto, falecido em tenra idade, e Demosthenes, meu pai. Ambrosina assistia à missa com as duas meninas, em espaço atapetado, com genuflexório de veludo vermelho.

Mas o que é bom dura pouco, diz o povo. Em outubro de 1906, Aniello voltou ao solar da família, em Catona di Ascea, província de Salerno, 500 anos abrigando gerações de Romanos. Demosthenes tinha menos de um ano. O sacerdote teria contrariado interesses de poderosos locais e, acusado de roubar um cálice da igreja, foi obrigado a deixar a paróquia, o pequeno arraial e a família, que prometera levar para a Itália. Há quem diga que, embora se amassem perdidamente, acabaram engolfados nos labirintos do ciúme e da desconfiança. De volta à aldeia natal, Aniello retomou o sacerdócio. Teve vida despojada e discreta. Taciturno, nada dizia de sua experiência no Brasil. Demonstrava tristeza e morreu aos 51 anos, celebrando missa na mesma igrejinha onde fora ordenado.

Mariano, simulando uma dívida com um vizinho, entregou-lhe a melhor parte da herança de Nhazinha: uma área de cultura, mata com madeira de lei, perto da Lagoa Grande. Sem que ninguém saiba o motivo, o lugar é conhecido como "o pasto do Mariano". Ela descobriu a trapaça, o advogado tentou primeiro anular o casamento, argumentando sua menoridade. Nhazinha madrugou, bateu léguas a pé, para descobrir que haviam antecipado o julgamento, perdendo ela sua gleba mais valiosa. Revoltada, desacatou o juiz, quase foi parar no xilindró.

Banqueteira de mão-cheia, ela criou os filhos organizando festas e casamentos nas grandes fazendas da região. Com tino e trabalho, juntou dinheiro, vendeu as poucas joias de família e pagou adiantado o curso normal de Carmélia, a primogênita, a quem incumbiu de encaminhar os irmãos. Morreu com 54 anos, vítima de colapso cardíaco, resultante de convulsões epiléticas. Tida como doida, falava o que lhe vinha à boca. Ao avistar o fazendeiro que ajudara Mariano a surripiar-lhe as terras, gritava a toda altura: "Lá vem o barão de terra, que há de morrer comido pelos bichos do campo". Atacado por um enxame de abelhas que lhe invadiu a casa, ele morreu sem qualquer socorro.

Professora formada, Carmélia se casou com Benevides. Dentista, viúvo, pai de um menino ainda pequeno, era uma das poucas pessoas a quem meu pai tratava com senhoria. Praticando com o cunhado, Demosthenes começou a trabalhar aos 17 anos, formando-se em Ubá anos depois. Apesar da diferença de idade, tornou-se amigo de Olímpio Machado da Silveira, um dos homens mais ricos da região. Mas, quando resolveu casar-se com Waldete, 12 anos mais nova, os pais foram contra. "Diziam que ele não tinha tronco", justificou meu avô.

"Somos uma família nova, temos que dar exemplo", dizia e repetia meu pai. O mantra carregava segredos de uma história proibida. E utopias que Waldete se incumbiria de sustentar com trabalho, bravura e fé. Quando ela se referiu aos quinze filhos formados, Cláudio, que recusara uma mula de primeiro repasso, arreata nova, para fazer ao menos o ginásio agrícola, perguntou se mamãe tinha virado mentirosa depois de velha. "Ah, você é formado na Escola da Vida, a melhor de todas".

Lendo cartas

Estado de Minas, 24/02/1983

Aqui dá de tudo: o que tem cobre, o que não tem nada; o branco e o preto; o doutor e o analfabeto. Não quer aventurar?

O preço é o senhor quem põe, dá o que quiser. Se não quiser não dá nada, não faço questão. Vamos sentar. Fica à vontade, tem lugar pra todo mundo. Começo pelo senhor mesmo? Então lá vai. Vamos ver o que o baralho vai lhe contar. Presta atenção, porque quem presta atenção é feliz.

Aqui, uma moça loura, olha ela aí. E tem também um moço moreno interessado nela, mas o velho, pai da dita moça, é um leão de brabeza. Não sei como há de ser. Melhor esperar, quem sabe esclarece mais pra frente.

Agora, uma outra moça, só que essa é morena, também interessada no senhor. Danada de bonita. E cheia de cobre.

Espera pra ver o que o senhor faz. Vamos seguindo. Aqui, o senhor de novo. Repara: tem um três de alegria no rosto e um três de tristeza no coração. O motivo, não sei, é com o senhor. Mas não preocupa. Logo – não falei? – a coisa melhora: vem quatro palavras boas, seguidas de quatro portas de dinheiro feliz na mão do senhor. Seguir: o juro da sua vida...

Aqui, o senhor, si próprio. Livre de oração, livre de corrente, livre de má palavra. Livre de gastar delegado, devogado, deputado.

A sorte? A sorte da gente já vem traçada. Eu, por exemplo, minha mãe contava que eu chorei sete dias antes de nascer. Minha sorte já nasceu contada.

Se oração adianta? Adianta demais. Aqui mesmo tinha um velho que rezava a todo rezar, pedia a todo pedir. Rezava pra mim a noite e o dia. Não faz muito tempo, ele morreu. Agora é que ele reza mais, ele enxerga melhor.

Deus? Se por acaso não existisse, como é que havera de ser? O dizer que eu digo é esse: a gente esconde do mundo mas não esconde de Deus. Ele rege em toda parte, acompanha a gente até no centro da terra. Agora, o perigo é o abuso.

Por exemplo: reza muito, bateção no peito muito, comunhão muito, é pecado. Nosso Senhor não é pedaço de angu!

Ah, quer dizer que o senhor gostou daquilo que eu falei, né mesmo? É sobre a luz do Santíssimo, que eu falei que ela é clarinha... Ela alumeia o mundo.

— E sobre as moças, a loura e a morena. Com qual eu fico?

— Nesse assunto das moças, se o senhor fica com a loura ou a morena, não posso lhe servir. Coração da gente é terra que ninguém rói. Aquela que o senhor gostar, essa mesma é que o senhor casa. Eu tenho lá capacidade de entrar dentro do seu sentimento? Tenho algum? É baixo...

Um tal Benevide das Pedras

22 de maio de 1986

A Fazenda do Malhado parecia um formigueiro. A fornalha quase não apagava. Era cana demais, o dia curto para tanto trabalho. O povo vinha de longe, quatro, cinco léguas, carros de boi atopetados, cantando que era uma beleza. Saiam de casa com escuro, a viagem rendia pouco.

Na cozinha, aquela lufa-lufa. Tanta gente pra comer, Sá Alzira tinha de reforçar a turma de todo dia. Chamava mulher de agregado, gente que, no diário, vivia cuidando de menino e da lidazinha lá deles. Mas agora, se não fosse o adjutório delas, Dorvalina mais a Fia não aguentavam o rojão. Aquele batalhão de homem labutando de sol a sol, muitos quase varando noite no calor da fornalha, não havia angu que chegasse. E café, então, era um desportismo.

Na volta do dia, apontou um cavaleiro na descida do Morro Vermelho. Sô Jerônimo olhou, sem pôr sentido. Naquele aperto nem dava pra reparar direito. Em dia comum ia querer saber cor do animal, toada dele, imaginar quem podia, quem não podia ser. Puro gosto de adivinhar, maneira de caçar assunto. Mas agora, sem tempo nem pra cuspir, seguiu dando providência, passou. Só quando escutou a porteira batendo é que botou sentido outra vez, ficou esperando.

Chamaram nas tachas. Um tal Benevide, das Pedras,

queria falar com o patrão, ver se combinava negócio de moeção de cana. Sô Jerônimo largou o serviço, varou a coberta comprida, um bitelo dum pé direito, saiu perto do engenho. Deu umas ordens sobre o bagaço amontoado, a garapa esperdiçando. No jirau, catou uma pedra mais branquinha de açúcar, espantou uma abelha oropa, entrou na casa pela cozinha. Perguntou pelo café do meio-dia, se já estavam dando andamento.

No alpendre, encontrou o falado Benevide. Homem lerdo, tinha hora que parecia até meio desentendido. A conversa não rendia, cheia de remanso. O homem ciscava, ciscava, nada de soltar a franga. O dono da casa, espaventado, não tinha sofrimento pra essas vagarezas.

Aí o outro perguntou pelo movimento, a capacidade do engenho, tamanho das tachas, quantas pessoas trabalhando diário, se tinha dificuldade de arranjar lenha..., assuntou, mas não encaminhou a conversa. Sô Jerônimo resolveu fazer um agrado, ver se o homem desembuchava. Ofereceu melado com farinha, o melado numa tigela, a farinha num vidro de boca larga. Deixou tudo lá, mais uma colher de sopa na tigela, pediu licença e saiu.

Na cozinha, distraiu conversando com a patroa, demorou um pouco. Quando voltou com o prato e a colher própria, o tal do Benevide tinha despejado a farinha na tigela, misturado e comido tudo. Tudinho, seu fulano! E já estava lambendo os beiços. Seu Jerônimo, vendo aquilo, disfarçou o prato e perguntou:

— Aceita mais, sô Benevide?

— Não senhor, sô Jeromo, eu sou meio perrengue pra melado...

A cobra gigante

Quinta-feira, 24 de julho de 1986

Neto de Quelemente da Vargem, na caatinga cearense, Seu Miguel mora em Santa Maria do Salto e conta história de caçada, de pescaria, de coisa antiga, que alguns até duvidam, mas todos acham danado de bonito. O povo junta em roda, cada um pedindo uma história, todo mundo se divertindo. Essa é uma das que ele mais gosta de contar.

Quando eu tive lá no Amazonas, faz mais de trinta anos, nós tava lá numas matas, perto do Xingu, trabalhando. E lá tem cobras enormes. Gigantescas. Adonde tem a sucuri, monstruosa, né? Aí juntou a camaradagem toda, encheu o caminhão, botou cacho de banana, porque cacho de banana lá também é enorme, né? Veio porco lagibraque, um bitelão, só a orelha dele pesa meia arroba. Aí veio também um bêbado, aquela confusão. Aí, quando nós cheguemos em altura, num cargozinho assim, a cobra atacou. O caminhão, né? E essa cobra jogava o bote por detrás, que engolia o carro até perto da cabina.

O moço pisava fundo, fazia só "rrremmm", e a gente entrando pra boca da cobra. Pensei: essa cobra vai comer nós tudo, vai engolir esse caminhão!

Nisso, pegou o cacho de banana, jogou. A cobra engoliu o cacho de banana, largou o caminhão. E nós rompeu. Mas com pouco ela atacou de novo. Atacou e evém: jogava o bote e engolia o caminhão até perto da cabina. A gente já dentro da goela da cobra, aquele calor danado, aquele medão, aí alguém falou:

— Vamo jogar esse porco.

A cobra ficou engolindo o porcão, nós desguiou, né? Aí o bêbado, metido a valente, gritava:

— Que cobra, que nada! Que cobra, que nada!

Quando foi mais adiante, que ela atacou, disseram:

— Joga esse homem, tá bêbado, dá pra cobra!

Jogou. Mas ele tava muito bêbado, o álcool transpirando nele, a cobra também enxugou, né? Enxugou e ficou lá. E nós veio embora.

A cobra? Bom, a gente chegou na cidadezinha, quando passou uns quinze dia – acho que com uns sessenta dia – nós fomo lá de novo.

— Vai com cuidado, olha a cobra. – Falaram.

Quando chegou, olha ela lá. Tinha levado arma boa, atirou no cabeção, matou. Partiu a cobra, pra poder rastar. Tava o homem, dentro da cobra, descascando banana e comendo, jogando as casca pro porco...

Acerto

12 de dezembro de 1985

O roceiro indagou do médico:

— Por quanto o senhor vai lá em casa, nos Coqueiros?

— Tem de ser a cavalo, ou vai condução lá? – quis saber o médico.

— Vai não, senhor. Mas eu entro com o animal. Quanto fica?

— O costume é cobrar a visita e a viagem. Daqui lá não são três léguas?

— O senhor vai, pousa com a gente, dá esse prazer...

— Obrigado. Uma viagem dessas ando cobrando um conto de réis.

— Pois tá justo, doutor. Mas, além da patroa, o senhor olha um outro que anda meio aperrengado, né?

No dia combinado, veio o portador trazendo o animal arreado, uma égua baia clara, boa de sela e de cômodo, mansa que só vendo.

Doutor Furtado almoçou, pegou a valise com os instrumentos, um punhado de vitamina, fortificante e lombrigueiro, despediu da família, montou na égua e saiu. Eram dez e vinte.

A andadura macia da égua, um passarinho piando na árvore, o milho viçoso no espigão em frente, o gado pastando na vargem do rio, quando viu já ia dobrando para a casa do cliente, conhecido como Juca da Dica.

Doutor Furtado encontrou todo mundo esperando: a criançada de banho tomado, banho geral no meio da semana, as mocinhas com vestido de ver Deus, aquela cortesia.

Examinou primeiro dona Dica. Ela falava sem parar de seu desacorçoo, uma bambeza no corpo, uma zoeira na cabeça sem arrumação. O doutor sabia escutar. Dona Dica clamou enquanto pôde. O médico, por fim, passou uma receita, disse que ela ia ficar boa, não precisava se preocupar.

Depois deu um repasso na criançada, andou distribuindo lombrigueiros, vitaminas e fortificantes. Aí veio Tiana, velha empregada que se queixava de reumatismo nas juntas. Olhou mais uns empregados, quando viu o sol já ia baixo.

Terminada a maratona, pegou, ele mesmo, o bule de café no caldeirão de feijão, encheu uma tijelinha de louça e bebeu. Juca, que acompanhava cada gesto do médico, falou, entusiasmado:

— Eu gosto de doutor é assim: sem-seca, sem cerimônia, sem vergonha, sem caráter! Doutor Furtado agradeceu o elogio, repetiu o café e foi dar uma volta pelo quintal enquanto não saia a janta.

Acabou aceitando o convite do sitiante para pousar, mas impôs uma condição: precisava madrugar, tinha compromisso de manhã na cidade.

Na hora de sair, Juca da Dica, meio sem jeito, falou:

— Doutor, o senhor não me leve a mal, não, mas vou lhe fazer um pedido. A gente anda apertado, essa crise aí, braba, o cobre anda vasqueiro, sabe como é. Queria saber se não tinha dúvida d'eu acertar depois da colheita. Me folgava bem.

O médico concordou. Estava acostumado, de vez em quando recebia os honorários em porco, arroz, bezerros.

Despediu de todos, montou na égua e partiu. Seu companheiro de viagem, um empregado da fazenda, levava os agrados de dona Dica: um balainho com ovos, um saco de laranja, dois frangos, quatro rapaduras e uns queijos.

Veio a primeira colheita, veio a segunda e nada do Juca acertar a dívida. Se acontecia, indo à cidade, de ver o médico, cortava volta, fingia não enxergar. Doutor Furtado deu por perdido, desistiu de receber.

Um dia, sem esperar, foi procurado pelo sitiante:

— Doutor, ando muito sem graça com o senhor, negócio daquele acerto nosso. Mas, antes, queria lhe fazer uma proposta. O senhor me faz um agrado, deixa por menos o preço da consulta.

O médico, que já tinha dado aquilo por perdido, perguntou:

— E por quanto o senhor quer que eu deixe?

— Uai, se pudesse ser uns quinhentos, já melhorava bem.

O médico concordou, o cliente ficou todo satisfeito. Conversaram mais um pouco, o roceiro contou uns casos, o médico perguntou pela família. De repente, Juca da Dica agradeceu, despediu e foi saindo.

Doutor Furtado indagou:

— Mas, e o acerto?

— Ah, doutor, pra ser franco, tô tendo condição de pagar não senhor.

— Então, pra que pedir diferença, ficar negociando?

— Tem duas vantagem. Primeiro, minha consciência fica mais leve.

— E eu? – perguntou o médico.

— O senhor? É a segunda vantagem: seu prejuízo fica mais pequeno, uai.

Simpatia

25 de novembro de 1986

Tempo de frio, na roça, a mão fica parecendo lixa, a boca resseca, dá rachadura no calcanhar, abre frieira até não poder mais.

Ninico, um dia, apareceu mancando, sem querer firmar o pé no chão. Quando a patroa quis saber o que era, ele respondeu:

— Uma frieirazinha à toa. Pisei em mijo de vaca... Perigo virar mijacão.

— E o que você está pondo?

— Cada hora uma coisa, dona Solange. A gente vai pelejando, às veze Deus ajuda que dá certo, né?

No outro fim de semana a patroa trouxe um remédio. Mas, na confusão da chegada, tanta coisa pra saber, pra determinar, acabou esquecendo. Dia seguinte, bem cedo, procurou pelo Ninico.

— Sei dele não senhora – respondeu o Sebastião.

— Mas Lurdinha conversou com ele agora mesmo no terreiro?!

— Pois é – falou o outro, vago.

— Ele não passou por aqui, não?

— Passou.

— E foi pra onde?

— Subiu pra banda do Espigão.

— O que ele foi cheirar lá no Espigão uma hora dessa?

— Diz que ia caçar um negócio...

— Que negócio?

— Uma casca de cobra, acho.

— Onde?

— Perto da divisa, dobrando.

— E o que que o Ninico vai fazer com uma casca de cobra, Tião?

— Eu não tenho nada com isso não, dona Solange, mas falaram que era bom pra frieira.

— Ah, mas que bruta bobagem... Onde já se viu uma coisa dessa? Bom é isso aqui ó – disse ela, mostrando o vidro na mão. – E o idiota aí pelo meio do mato feito um bobo.

Depois, virando-se para o Sebastião, perguntou:

— E você já ouviu falar que casca de cobra curasse frieira, Tião?

— Pra frieira eu não sabia que usava, não senhora.

Olhou pra patroa e informou:

— Casca de cobra eu sabia que era bom, mas é pra dor nos peito.

Mandingas do Manuelzão

17 de julho de 1986

Lá na Forquilha, nas Pedras, na barra do de Janeiro, ou subindo pra Andrequicé, o povo usa falar – O Neco mesmo é um – que Manuelzão tem parte com o diabo. Diz que se tem um boi batendo, brigando, um cavalo pulando, qualquer bicho brabo, seja que qualidade de brabeza for, Manuelzão chega, conversa, reza nele, o bicho sossega na mesma hora. Se for boi, vem pro curral, se de carro, deixa botar canga, manso que nem cachorro de estimação. Cavalo ou animal de sela de toda espécie não corcoveia, nem refuga, perde a manha: moça pode montar em pelo, menino passar por baixo, vira uma seda.

Manuelzão diverge e explica a mandiga:

— Não é isso não, gente. Ocês porque é os tal cabeça de prego, que só trabalha quando leva pancada. Tudo nesse mundo quer carim: como eu quero carim, os animal também quer. Não tem esse negócio que eles fala não, de mandiga, essa besteirada. Eu vou é levando ele com jeito, né, assim, não bato, não grito...

— Cê fala com ele? Quê que cê fala?

— Agora, o que a gente costuma falar co'eles. "Cês tem paciência, cês tá vendo que a gente tá com carim com cês, cês não pode judiar da gente, a gente tá meio de idade...".

— Vai levando eles na conversa?

— Vai levando eles na conversa, ele cai na conversa. Quem tem seus boi brabo lá no mato, fala comigo. Que eles manda essa vaqueirama nova lá, eles chega gritando, fazendo aquela bramura toda, cada vez enfeza o bicho mais, né? Eu chego lá, mexo co'ele: "Deixa de bobage, sô, vamo s'embora. Eu vim cá buscar ocê, né pra matar nem pra judiar não. Vamo s'embora, vamo com calma". Ele resolve a correr, vou tirando a cabeceira dele, vai indo, ele acaba indo.

— Mas o povo, mesmo assim, continua achando que não é só isso. Qual é a explicação?

— O negócio é o seguinte: a pessoa tendo fé comigo, eu tenho em Deus. Eu arreio um animal brabo, aí, se pegar um menino dum amigo, eu falo: "cê pode amontar aqui e sair, que eu agaranto". Fiz isso demais, gente. Até com a Didi, aí, né Didi? Fiz com burro repassado, tinha sido montado três vêz só. No princípio até ameaçou de dar mal-entendido, ela pensando que eu queria era ficar livre dela. Mas a dúvida era a falta de fé, porque depois ela viu que eu tinha a proteção divina, aí não aconteceu nada. Agora, o Pedro mais o compadre Neco, tudo é muito sem-vergonha, fica com essa conversa que eu tenho parte com o demonho, essa besteira aí. A Didi mesmo pode te contar um caso... Conta, Didi, como é que foi?

— Eu cheguei numa dessas mula – ótima de sela! – Entramos eu, ele e o Crispim, filho dele, tudo em burros bravo, dentro da rua lá do Andrequicé. O Manuel me jogou na frente. Uma mula amarela, calçada, mas pisava que era uma beleza! Naquele tempo eu era nova, montava bem. Segurei a rédea, fiz um muchocho, precisava ver essa mula picando, cabeça levantada, orelha em pé... Tinha um velho lá na rua, que disse: "Ê, Manuelzão, vai me vender essa mula". Manuel falou que não era de negócio, mas o homem tanto insistiu que acabou comprando a mula. Manuel arrumou um cavalo emprestado pra voltar.

— E o velho ficou satisfeito, né Didi?

— Satisfeito? Escuta só: duas vez que ele passou a perna, duas vez que ele montou e caiu. O filho amontou, caiu.

— Ele não sabia lidar com ela, né, Manuelzão?

— Sabia não, sô. Marrava ela, tá batendo, tá maltratando, gritando. Só com brutalidade. Mas naquele dia a mula entrou que entrou boa mesmo. E na hora que ele falou comigo, me propôs negócio, eu falei com ele:

— Ela não é de negócio, por dinheiro nenhum desse mundo.

Tanto ele fez, tanto ele fez, o que não era de negócio era só a véia, mas a mula era.

No ônibus

29 de agosto de 1985
Para Helena Carmen, minha irmã,
testemunha ocular desta história.

A feira era perto do ponto final. Entrou um homem com uma sacola pesada e cheia, de quebra, uma enorme melancia no braço esquerdo. Passou a sacola por cima da roleta, um passageiro ajudou, colocou no chão. Segurando a melancia, enfiou a mão no bolso, tirou o dinheiro, pagou, pegou o troco.

Mal havia acabado de passar, preocupado com a melancia e ainda guardando o dinheiro, o ônibus arrancou. O homem perdeu o equilíbrio e, procurando apoio, girou, sem querer, a roleta. Abaixou para pegar a sacola no meio do caminho e já ia se ajeitando num lugar quando o trocador falou:

— E a passagem?

— Acabei de pagar.

— A outra.

— Pagar outra passagem? Por quê?

— A roleta rodou, por causa da melancia...

— Quer dizer que melancia agora paga passagem?

Riram da tirada. Mas o trocador reagiu:

— Qualé, moço, tá me gozando?

— Ocê é que tá querendo fazer hora com a minha cara.

— Não vem bancar o vivo comigo não. Sem essa...

O pessoal virando pra trás, acompanhando, o bate-boca continuou:

— Então me mostra a lei dizendo que melancia paga passagem.

Uma senhora, torcendo pelo homem da feira, comentou alguma coisa com a companheira do lado. Irritado, o trocador respondeu:

— Todo mundo sabe que melancia não paga, nem tem cabimento. Mas, também, o senhor sabe que rodou a roleta duas vezes. Eu é que não vou levar tinta por causa disto. Deixei de saber: pagar do meu bolso eu não pago de jeito nenhum.

Começou o zum-zum, muita gente dando palpite, uns rindo, outros defendendo o trocador. O homem da melancia ironizou o quanto pôde, mas acabou concordando que: não era justo o empregado ter prejuízo por um ato que não havia praticado. Mesmo sem concordar, o homem pagou a segunda passagem.

De cara feia, pegou a sacola no corredor, a melancia, e sentou. Ajeitou a sacola no chão, perto dos pés, colocou a melancia no assento do canto, ainda vazio.

O ônibus seguiu, uns comentando o ocorrido, outros lembrando casos pouco comuns ou simplesmente criticando o serviço de transporte.

Em cada ponto subiam mais passageiros, logo o ônibus estava lotado. A partir daí, toda vez que alguém entrava, ia direto ao lugar próximo à janela... Mais perto, dava com a melancia no banco. Os que haviam embarcado no ponto final ou souberam do caso da melancia ficavam calados, curtindo a situação. Alguns forçavam a barra, outros deixavam correr, esperavam pra entender melhor.

Cada vez mais sem graça, o homem começou a se sentir na obrigação de explicar o acontecido. Por isso, sempre que vinha alguém querendo sentar-se ao seu lado, dava uns tapinhas na melancia e dizia:

— Pagou, vai sentada, né? Pagou, vai sentada...

Receita para alergia

Quinta-feira, 6 de junho de 1985

Coisa mais desagradável é alergia.

O Ayres Armando, filho do meu xará Olavo Maneira, da Secretaria da Cultura, não pode é com couro. Até o cinto, de encostar no corpo, dá inflamação. Pulseira de relógio, nem se fala. Sapato, só de pano.

Estes tempos, com uma festa mais formal pra ir. Pensando que tivesse sarado, resolveu arriscar, comprou um sapato social, de couro. Não teve nada.

Todo feliz, de vez em quando botava o sapato novo. De repente, o peito do pé começou a avermelhar, ficou na carne viva. Foi ao médico, aviou a receita, começou o tratamento. Passava a pomada, tomava antibiótico. Mas a ferida não sarava.

Procuraram outro médico. O doutor se espantou.

— Como é que fazem uma coisa dessas, chegar a este ponto sem procurar recurso? É muita falta de cuidado.

— Mas a gente procurou. Só que o remédio não deu resultado.

— Que remédio foi?

— A receita está aqui.

Dona Maria Rosa abre a bolsa, tira um papel e entrega ao médico. Ele desdobra, custa um pouco a entender, disfarça o espanto, depois faz uma cara divertida. Então, relê, agora interessado, saboreando:

"Massa Folhada – 2 xícaras de farinha de trigo, sal, ¾ de xícara de água gelada, 200 gramas de manteiga. Coloque a farinha, faça um buraco e ponha o sal. Amasse com água gelada. Depois de amassado, leve à geladeira por 30 minutos. Abra a massa polvilhando com farinha de trigo. Repetir o mesmo processo com a manteiga. Retirar da geladeira de 15 em 15 minutos".

Terminada a leitura, o médico devolve o papel e diz:

— Se serve pro pé eu não sei. Agora, que deve ficar muito gostoso, isso deve...

Um certo pote azul

9 de agosto de 1997

Durante cinco dias, convivi com príncipes e princesas, conheci animais quase humanos, acompanhei procissão das almas, levei sustos horríveis. Foi logo ali, no Festival de Inverno em Ouro Preto, durante a oficina literária conduzida por Inno Sorcy, artista africana vivendo atualmente na Europa.

Exercitamos inspiração (e expiração), usamos o corpo para comunicar pensamentos, sentimento e emoções; clamamos, em veementes gestos, pela expressividade da voz; treinamos entonação contando histórias sem palavras, músicas dispensando letras; repetimos falas e ênfases em busca do tom adequado, expusemos habilidades, limitações e angústias em amorosa partilha. Experimentamos até alcançar a sintonia possível.

Então, em clara manhã de sábado, tomados daquela coragem dos que não têm escolha, descemos a rua Direita travestidos em arlequins, palhaços, beatas, mascates, uma noiva sirigaita, quarenta exóticas figuras convidando o povo para bizarro mercado de contos no meio da rua.

Apresentação em campo aberto, para público itinerante e desconhecido, é sempre arriscado desafio. Perigo de ouvidos moucos, indiferença gerando frustração. A plateia, com desconfiado espanto, tentava escapar do que poderia ser suspeita armadilha, tão frequentes em domingos televisivos.

Mas, para os mercadores, o caminho era sem volta. Inno, atenta e oportuna, comandou a algaravia do aquecimento com uníssono "du, dabadu, dabadu, dabadu, dabadu, dábada, dábada". Repetido feito mantra, o coro trouxe serenidade e confiança, transmutou dúvida em ímpeto de entrar na arena.

E cada grupo tentou vender seu peixe como podia: cantando, dançando, rezando em procissão, prometendo realizar, com um só martelo da legítima *Capitão das Gerais*, o verdadeiro *Milagre de Minas*.

E as músicas? A gente nem chegou a saber o que aconteceria se a perpétua cheirasse e já vinha o insinuante "tatê, calanguê, catacan, quixilá, calanguê". Mal o povo começava a repetir, mesmo sem entender a cantilena, olha o espanto da nação ouropretana com as beatas que imploravam, em lamentosa litania, a urgente descida da divina luz.

E nas escadarias, ou em frente ao Cine Vila Rica, era raposa dando faniquito, moça varando noite em baile, gato morando em sapato, preguiça tão preguiçosa que, ao alcançar as grimpas da árvore, encontrava já secos os brotos avistados no começo da subida.

Agora ninguém pensava em técnicas, etapas, estratégias. Era só a viva vida fervendo no corpo, olho buscando olho, alegria do improviso, absurda maravilha de criar, palavras e gestos brotando no meio do povo, que não achava o rumo de casa, mesmo tudo tendo ameaçado tantas vezes terminar.

Por duas noites, Inno enfeitiçou a plateia com suas poderosíssimas interpretações. Caminhou, caminhou, com o pote azul. Arrastou consigo o auditório lotado, mais Gislayne e Cecília, que, de tradutoras, viraram personagens mesmerizadas pela magia dessa arte tão antiga, sedutora e necessária que, felizmente, ressurge, vigorosa, em todos os continentes.

Difícil foi voltar ao feijão com arroz do dia a dia. Tenho me pilhado em incontrolável estado de encantamento, caminhando, caminhando com o pote azul. Só pude ter algum sossego ao descobrir que, de agora em diante, em qualquer tempo ou lugar, em qualquer situação, ele enfeitará os dias e noites, tardes e manhãs do resto de nossas vidas.

Inacreditável

Quinta-feira, 5 de dezembro de 1985
(Para Sálvio Figueiredo Teixeira)

Nada se sabe das circunstâncias em que nasceu o menino. Nem do motivo que levou seus pais a dar-lhe o incrível nome de Inacreditável. Para espantar dúvidas, soletrado, escandido assim: I-na-cre-di-tá-vel.

Depois de muito viver, sentiu a hora de libertar-se do estranho fardo. Reuniu a família e disse:

— Eu sempre penei com este nome, estranha escolha de meu pai que jamais ousei contestar. Agora, no fim da caminhada, quero fazer meu último pedido.

Os filhos se entreolharam com murmúrios, protestos e argumentos: "não diga isso, é uma gripezinha à toa, o senhor logo vai estar bom de novo...".

O doente interrompeu, enérgico:

— Eu sei o que digo, meus filhos. Estou no fim. Por isto, prestem atenção: não quero nenhuma inscrição no meu túmulo. Nome, então, nem pensar. Desejo apagar para sempre da memória de todos este nome horroroso que carreguei a vida inteira. – Deu um suspiro e decretou – Este é o meu único desejo.

Dois dias depois, morreu. Não houve anúncio fúnebre, nem convite para missa de sétimo dia. Na hora de colocar a lápide, o homem da marmoraria perguntou que inscrição queriam colocar.

Lembraram o desejo do pai, fecharam questão. Mas o homem argumentou que uma pedra sem nada escrito ficava esquisito. Depois de muito conversar, decidiram por uma pequena estrela e uma cruz indicando nascimento e morte.

Feito o serviço, o homem voltou. Já que não podia colocar o nome, pelo menos um pequeno texto, uma frase que traduzisse a personalidade do falecido. Um dos filhos, meio literato, sugeriu: "Aqui jaz um homem que sempre foi fiel à sua esposa".

Dias depois era Finados. Cemitério cheio, todo mundo parava diante daquela lápide sem nome, lia a inscrição e exclamava: "I na cre di tá vel! Inacreditável!".

CTI em três tempos

Entrando em campo

Zonzo pela anestesia, Marcelo acompanha a introdução do cateter na virilha, minúscula câmera viajando até o coração. Distrai-se com a imagem se movendo na tela, o ruidoso barulho do músculo cardíaco, o piscar dos aparelhos, variações no som do bip. Nas tomografias, gostava de contar o intervalo das tomadas de imagem, as piscadas de luz, os avanços do chassi dentro do túnel. Boca seca, medo de desmaiar, murmura algo engrolado. O jovem anestesista, amigo de sua filha, passa-lhe a mão pelos cabelos e aumenta o fluxo da droga.

Terminado o cateterismo, concluída a angioplastia, o stent é implantado no ponto em que a coronária se estreitara.

— É como um muro de arrimo – explica o cardiologista. – Você vai para o CTI, amanhã já está em casa – garante.

Antes, porém, quatro horas de perna imobilizada, um peso sobre o ponto da artéria em que o cateter fora introduzido. Manuelzão, curtido na áspera vida sertaneja, ensinara: "Pra sangrar um homem, é só beliscar a ponta da faca na virilha, esgota na mesma hora o sangue todo".

No prédio antigo, o CTI parece amplo quarto. Mobiliado com cama estreita de madeira escura, colchão de molas, uma mesinha com cadeira, poltrona com tecido estampado, na qual Marcelo leu, até alta madrugada, um volume de “Seleções” com quatro romances condensados. Desde menino, no arraialzinho sem eletricidade em que nasceu, lia “O Diário de Notícias”, do Rio, com três dias de atraso, “O Cruzeiro”, uma vez por semana, e “Seleções”, mensalmente. Gostava das seções Enriqueça seu vocabulário, Piadas de caserna, Meu tipo inesquecível e Rir é o melhor remédio.

Quando Karen chega, vão tomar café da manhã na lanchonete. Um médico, vendo-os saborear o pão de queijo, pergunta:

— O senhor não estava no CTI?

Segundo tempo

O elevador da faculdade não chega. Atrasado para sua palestra, sobe pela escada, chega bufando ao segundo andar. Custa a recuperar o fôlego. Naquela mesma noite, no pronto atendimento, foi aconselhado a procurar o cardiologista com urgência.

Uma “apneia a pequenos esforços”, um teste realizado com fármacos, o calor pelo corpo, pulso acelerado, Marcelo lembra-se do irmão com duzentos batimentos por minuto, impulsos elétricos enlouquecidos, por causa de um músculo adicional que emitia e também enviava comandos elétricos ao coração.

— Em vez de Cemig é Copasa – explica o médico, atento às imagens na telinha. – Então é circulatório, alguma interrupção no fluxo – conclui.

— Vamos agendar logo a cirurgia. Vou tentar o Papa – diz Marcus Bolívar, amigo querido e competente cardiologista.

Suspenso o anticoagulante, a cirurgia é na semana seguinte. Com o Papa, por vinte mil reais, mesmo o plano de saúde cobrindo tudo. É salgado, pensou, mas Papa só existe um... Além do mais, com saúde não se brinca.

O hospital é enorme, moderno, superequipado. Atendentes enfileirados diante de computadores, gente de olho no monitor espera a senha na tela, cadeiras de roda e macas transportando pessoas trazidas em ambulância, conversa banal enquanto aguardam, desastres e escândalos na televisão, tudo ajuda.

No bloco cirúrgico, nu dentro da vestimenta azul que já usara outras vezes, depilado, vai de maca até um cubículo asséptico e isolado. O anestesista faz as perguntas de praxe (alergias, remédios tomados, cirurgias anteriores), tudo já escrito no formulário que ele não leu.

Acorda zonzo, boca seca, cheiro de iodo, álcool e cânfora no ambiente, a sala de recuperação. A esposa, Karen, e a filha, Ana, chegam logo a seguir. Olham Marcelo amorosamente, felizes porque correu tudo bem, segundo Marcus Bolívar. Acompanhou a cirurgia, volta mais tarde.

— Foram quatro pontes, duas safenas, duas mamárias. Um dia de CTI e você vai para o apartamento – informa, satisfeito.

A gleba no CTI é um cubículo cercado de cortinas, monitores, lâmpadas acesas, corre-corre de vez em quando. Irrita-se com enfermeiros trabalhando mecanicamente enquanto conversam sobre assuntos triviais. Mas, dado o porte da cirurgia, melhor irritar-se do que estar em coma. Melhor ainda, estar vivo. Um amigo querido, depois de dois meses em coma profundo, descreu de Deus. "Não vi nada, não fui a lugar nenhum", relatou, decepcionado.

No ambiente de luz mortiça sempre acesa, zumbido de aparelhos, não dá para saber se é noite ou dia. Cochila, acorda, no meio do torpor, pergunta as horas. Ainda é o primeiro dia, tarde da noite. De manhã, a corrida dos leitos é sempre pelas dez, com certeza vai para o apartamento.

Mas o tempo passa, gelatinoso, os enfermeiros desconversam, ele começa a ficar bravo, queria ir para o quarto de qualquer jeito. Sojigado com veemência, precisa ficar quieto por causa da sonda. Por que a sonda? "Edema pulmonar. Água na pleura", explicam.

— Cadê a médica, com uma cruz egípcia pendurada? – Era uma espécie de amuleto, "cada um escolhe sua proteção", ela dissera.

Garantira sua saída, todos prometeram, agora todo mundo escorrega. Ele se sente enganado, desprotegido, desorientado.

De repente está na roça, fugindo de uma vaca brava. Pula a porteira, escapa. Do outro lado da cerca, a vaca vira um pássaro colorido, bico e garras enormes. "Está com a boca branca", reconhece a voz da filha.

Está agora em Hollywood. "É Metro, Universal ou Paramount?", pergunta. "Luz. Câmera. Ação!", comanda, em alta voz. A luz, sempre acesa, o incomoda. Comprime os olhos com força. Karen lhe coloca uma máscara de avião. Antes de se acalmar, Marcelo ainda vai a Las Vegas ("Na Veneza cenográfica a gente se perdeu da excursão, lembra"?), fala de Santa Mônica ("Praia feita, pura pedra"), lembra de Santo Agostinho, a luta da mãe, uma vida de oração para convertê-lo, fala de Santa Bárbara, "outra praia feia, só tem fama", balbucia alguma coisa sobre palha benta pra queimar na tempestade, a invocação de São Jerônimo e Santa Bárbara.

— Está delirando – explica o médico. – É efeito dos medicamentos. E a iluminação constante provoca confusão mental.

No terceiro dia, afinal, o apartamento. Fraco, cansado e sonolento, espera a hora de retirar a sonda e repassa a história cardiológica da família. O pai, fumante inveterado, sofria de enfisema e tinha o coração dilatado, coração de boi, como se dizia. Morreu antes dos 70, depois de cinco anos de desconforto respiratório. Por isso, Marcelo, tabagista por vinte anos, chegou a quatro maços, oitenta cigarros por dia!, mas abandonou o vício na terceira tentativa. As duas tias do lado paterno também "sofriam do coração". A avó materna tinha "sopro", um pigarro renitente, um cansaço discreto e constante. E uma ferida na perna, sempre aberta, o ritual de passar pomada Minancora, aquele cheirinho bom de cânfora, e proteger com uma faixa de pano branco, sempre limpinha. Na véspera de morrer, a ferida fechou. "O veneno foi pro coração", disseram.

Marcelo perdera muito sangue. Por causa da anemia, vai ter que tomar sulfato ferroso durante longo tempo. Na farmácia do bairro, Osmar, sempre atencioso, diz:

— Bom, mesmo é ora-pro-nóbis. Tem muito na casa da minha mãe, vou levar pro senhor.

Uma sacolinha por semana, durante dois meses, o ora-pro-nóbis, levado com tanto carinho, é mesmo um santo remédio.

Prorrogação

Da terceira vez o cardiologista olhou os exames e falou, cauteloso:

— A gente fez um remendo, enquanto der conserto vamos em frente.

Cateterismo, angioplastia, novo stent dentro do anterior, obstruído. O mesmo peso na virilha por quatro horas, perna direita imobilizada, um dia no CTI.

Desta vez eram doze leitos, um em frente ao outro, em espaço aberto, cortina cerrada apenas quando alguém precisava usar o marreco ou a comadre. Os pacientes dos quatro leitos do fundo conversavam, contavam suas histórias, de olho na entrada do CTI, onde acudia-se a uma situação de muita gravidade. Os enfermeiros vão e vêm, conversam, há uma quase intimidade, um clima descontraído no espaço onde estão quatro pacientes em melhor condição. A enfermeira mede a pressão do vizinho ao lado, ele pergunta como está. "Dezesseis por oito". "Tô morto", diz o homem preocupado. "Tá nada! Aqui no fundo, ninguém morre", garante.

Nossos avós não foram à Lua

21 de outubro de 1982

Soube pelos jornais que Neil Armstrong, o primeiro homem a pisar na lua, esteve em Belo Horizonte semana passada. E lembrei-me – até parece que foi ontem – de sua imagem meio bêbada, os passos titubeantes na áspera superfície do nosso satélite.

Então, de repente, ninguém falava de outro assunto. Numa crônica inesquecível, Rubem Braga anunciara que a terra era azul, profecia confirmada por Iuri Gagarin há mais de vinte anos, em abril de 1961. Agora, cada um a seu modo, todos comentavam a proeza do astronauta americano.

Onde já existia televisão, muita gente ficou até altas horas esperando para ver algo difícil de acreditar. Noutros lugares só chegava jornal, mesmo assim bem atrasado. Então os detalhes só iam aparecendo aos poucos, já misturados com boatos e invencionices.

Tinha gente que se espantava, tinha gente que não compreendia, muitos quase nem ligavam. Minha avó, por exemplo, dava mais importância às suas flores, à horta-de-couve e às galinhas. Não acreditava, de jeito nenhum, naquela história de astronautas viajando pelo espaço. E explicava:

— Tá escrito na Bíblia. É só abrir e ler.

Então eu mostrei no jornal a foto grande da primeira página. Com um muxoxo, ela disse:

— Papel aceita tudo.

E morreu sem acreditar. Na véspera da partida, ficou na horta, sentada numa cadeira de rodas e vigiando um lagarto que andava bebendo ovos no galinheiro. Acho bonito o jeito como ela viveu seu último dia.

Já um amigo meu estava na casa da avó, no interior, aí deu pressa de viajar. Ela estranhou, ele explicou que queria ver a descida do homem na lua. A velha, com um ar de pouco caso, disse:

— Gente de cidade acredita em cada coisa, né?

— O que que foi, vovó?

— Esse negócio de homem ir na lua. Vê lá!

— A senhora não acredita, não?

— E ocê acha que pode caber alguém naquela tirinha?

— Que tirinha, vó?

— Pois não é quarto crescente agora?

O presépio do seu Ilídio

No meu tempo de menino, Natal era sempre com chuva. Mansa, criadeira, pra embonecar milho, anunciar fartura. Não era temporal de entrada das águas, vento derrubando árvore, raio matando criação, o povo da sala pra cozinha, pegando com Deus e queimando palha benta. Às vezes não passava de garoinha preguiçosa, a conta de refrescar as tardes grandes, estiava a tempo de aparecer um olho de sol brilhante no céu lavado. Então dava enxame de tanajura, a gente espetava um pauzinho nela, e a coitada batia asa, aflita pra escapulir, fazer formigueiro, cumprir seu destino. Isto se, livre da meninada, conseguisse escapar de galinhas e passarinhos.

Também não faltava o presépio de sô Ilídio. Dono do cartório, vivia uma rotina calma de registros, casamentos e baixas. Para evitar multa por registro fora do prazo, mudava a data de nascimento, a pessoa passava a vida explicando a peripécia. Falar em "dar baixa" trazia a morte para perto, aquele medão de repente invadindo nossas brincadeiras. Seu Ilídio era também maestro da Lira Santa Cecília, que a gente chamava de "Banda do Arraial", pra não confundir com a do Toniquinho, a "Banda do Cocho". É que os músicos, uma vez por semana, iam pra roça levando a enxada e o instrumento. No fim do dia, ensaiavam debaixo de uma árvore, em volta do cocho onde o gado lambia sal. Deu tão certo que vários de seus integrantes fundaram bandas pelo interior de Minas.

Mas o presépio do sô Ilídio era especial, com um Menino Jesus de biscuit, gruta de musgo verde-fofo, enormes montanhas de papel machê que punham no chinelo a Serra dos Alemães. Nelas, como na Bíblia, o leão comia junto com o cordeiro. Animais de celuloide rodeavam a manjedoura. De celuloide também eram o peixe e o cisne no lago, bem como o motociclista que dava volta na beirada. Celuloide era danado de chique naqueles tempos em que plástico ainda tinha o cerimonioso nome de "matéria plástica" e começava a aparecer em forma de ioiôs, que invadiam o País. Havia também galatite e baquelite; em casos muito especiais, a madrepérola. E a casa do sô Ilídio, já meio pública como cartório e escola de música, ganhava um ar quase santificado, a gente indo conferir tudo, lembrando cada coisa pra não esquecer até o ano seguinte. A meninada tinha inveja da Elza, da Zélia, do Mozart e do Ivan, que não tinham hora pra ver aquelas maravilhas.

Sem padre fixo, dona Marieta cuidava da igreja e às vezes mandava tocar o sino chamando os fiéis pra reza. Agora, com padre, tinha Missa do Galo, virava festa. A gente custava a aguentar, aquele mundo de criança e velho cochilando, mas não queria perder nada.

Mesmo com a vida apertada, nunca faltou um presente para cada um de nós. E ainda sobrava para acudir algum afilhado.

O presépio esperava até seis de janeiro, Dia de Reis. Era tempo das folia, instrumentos cheios de fita, a bandeira enfeitada, o povo cantando em muitas vozes, requintando. Tinha fazendeiro que reclamava, por isso é que o Brasil não vai pra diante, essas coisas. Mas o pessoal mais simples fazia sua reza, cumpria devoção, bebia cachaça, acreditava que todo mundo era irmão. Recolhidos os presépios, ficavam as lembranças, sobrava uma esperança boa no coração das pessoas. Mesmo das que não tinham entrado na folia, nem bebido cachaça.

Ano novo, tempo de decifrar carta enigmática do "Almanaque Capivarol". Vencendo a timidez, eu entrava no pequeno grupo de decifradores adultos. Com menos de seis anos, aprendera a ler, sozinho. Sentado ou agachado em frente a meu pai, ia olhando, de cabeça para baixo, a página que ele estava lendo. Depois, na fazenda da Serra, meu saudoso tio Antônio, Zinho, me apresentou a Eva-viu-a-uva, Ivo-viu-o-ovo, livrando-me das "trevas do analfabetismo". Assim, pude tornar-me o caçula da turma de adultos que se divertiam decifrando as ingênuas cartas enigmáticas, enviadas ao Laboratório à espera do brinde, cada ano diferente.

A sensação era esperar o Correio, ver quem ia ser o primeiro, que brinde vinha desta vez. Um dos mais animados era o Geraldo do Pedro Vaz, alfaiate em Morro do Ferro, não sei que rumo tomou. Aliás, tem gente demais nesse mundo que eu não sei – e queria saber – que rumo tomou. Só sei que me lembro do Geraldo agora. Como do seu Ciro Andrade, do seu Geraldo Magela, do Bento Fiscal, do meu pai, seu Zico, minha família, da dona Olinda do seu Elpídio (que botou uns ovos de codorna no meio do presépio dela, que eu nunca vou esquecer), da Tonica do Rafael, índia pega a laço (juram), fala engrolada, cara marcada de bexiga, que saía tirando reis com um estandarte ensebado, todo colorido, aceitando ovo, tomate, dinheiro, qualquer coisa que lhe dessem.

Um dia eu volto do correio, coração aos pulos e uma encomenda na mão. Dentro, eu já sabia, uma escova de dentes e um dentifrício de marca desconhecida: "Bukol". Mas o importante, o novo, o que me fazia pular o coração, vinha impresso do lado de fora: meu nome completo, antecedido de um imponente "Ilmo. Sr.". Eu nunca mais fui o mesmo.

Hoje, lembrando tudo isto, penso com gratidão em todas as pessoas que fui encontrando pelo caminho. E coloco cada uma no presépio das minhas experiências e descobertas pessoais, agradecendo a Deus por elas. Pelas que já se foram (e não são poucas), pelas que cumprem ainda seu destino de caminhantes transitórios. Como eu próprio sei que sou.

Estrepolias do Sérgio Jobim

04 de julho de 1985

Soubemos que Sérgio não estava bem, era só uma visitinha rápida. Depois de bater palma várias vezes, Gongó, filha dele, abriu a porta. Ainda de camisola, parecia estar acabando de acordar. Voltou lá dentro, trocou de roupa e nos conduziu até o quarto do casal, completamente fechado. No escuro, ela gritou para o pai, já bastante surdo:

— É o Miguel, papai! O Miguel! Com o genro dele!

Sérgio, emocionado e surpreso, foi-se sentando na cama e, para espanto nosso, falou com voz forte e segura, apesar de seus quase 96 anos:

— Ô Miguel! Você por aqui, Miguel! Mas que alegria, meu Deus do Céu!? – Reclamou do escuro, pediu para abrir a janela.

Vendo que ele estava animado, meu sogro sugeriu:

— Conta caso do liquidificador. Do li-qui-di-fi-ca-dooo-or!

— Ah! Eu nunca tinha visto um de perto. Só de olhar o retrato no jornal, inventei um liquidificador muito mais aperfeiçoado. O segredo é a multiplicação do movimento. Primeiro, um por um; depois, um por cinco e, finalmente, um por dez.

— Era movido a eletricidade?

— Que nada! Manual. Quer dizer, começou manual.

Depois usei o pedal do motor do dentista, uma roda de bicicleta, uma engrenagem de moedor de café, fui colocando polia, roldana, modificando e multiplicando o movimento. Cada volta da roda representava não sei quantas pás. Logo que eu vi o retrato no jornal eu falei assim: "Isso tá errado, as pás têm de ficar é pra baixo". E assim fiz: moía uma lata de querosene cheia de goiaba na mesma hora, era um fenômeno. Vinha gente de longe ver. Aí apareceu um fazendeiro, interessou, acabei trocando a geringonça por porco gordo. Se foi bom negócio? Deus me livre! Se arrependimento matasse, eu já tinha morrido há muito tempo. Foi a maior besteira que já fiz na vida. Quer dizer, besteira eu fiz demais, não sei qual foi a maior.

— E o teste do liquidificador, como é que foi?

— A primeira vitamina? Pedi o Elbinho pra buscar na horta um mamão bem maduro. Ele trouxe um furado, comido de passarinho. Era só pra testar, botei tudo na vasilha, inteiro, com a casca e tudo. Meti o pé no pedal, com toda animação. O pedal zunia, dava gosto de ver as pás girando. Escutei um barulho meio estranho, mas não parei não. Depois é que vi pena e sangue pra todo lado. Acredita que dentro do mamão tinha um sabiá, o infeliz acabou entrando sem querer na vitamina da inauguração?

— E o papagaio, Sérgio?

— Foi uma beleza. Ganhei um concurso, todo mundo em Belo Horizonte pensava que era avião. Só se fosse avião cativo. Aquele bichão, seis metros de envergadura, amarrado o tempo todo numa lobeira lá no Alto dos Monges. Gastei três maços de barbante Hamburgo de cinco pernas, não sei quantas folhas de papel Kraft, quilos de grude. Fiquei na casa do dr. Artur Furtado Ferreira, o Artuzinho, a América ajudando, dona Sinhá dando o maior apoio. Valeu a pena. Passei cera nuns barbantes, de noite botei fogo, o fogo foi correndo, acendeu um punhado de vela no papagaio. O povo ficou de queixo caído, deu nos jornais da época, saiu retrato, reportagem e tudo.

— Mas antes você tinha feito um aqui no Rio Novo, com um gato em cima, lembra?

— Ah, foi mesmo. Botei o gato numa cesta tampada, a cesta em cima do papagaio, da pipa. Se o gato suicidou no rio? Não, ele ficou foi completamente tonto, parecia bêbado. Não conseguia nem andar direito. Eu era terrível! – diz ele, olhos brilhantes de menino arteiro.

— E a sela do Imperador?

— O velho Leonel, meu pai, era danado de habilidoso. Fazia o que desse na telha. Muita coisa eu aprendi com ele. Eu? Só não fazia o que não cismasse de fazer: espingarda, garrucha, de cabo de guarda-chuva, música (tenho um punhado de composições minhas, depois vou mostrar), poesia, discurso... Até dinheiro já fabriquei. Mas, isso, depois eu conto.

— Conta da sela primeiro, então.

— Pois é. Da sela, foi o seguinte: o Imperador vinha a Juiz de Fora, prepararam uma exposição em homenagem a ele. O velho Leonel, meu pai, fez uma sela, mas aquilo foi uma coisa muito caprichada mesmo. Quando o Imperador correu a exposição, logo agradou dela. Experimentou, deu uma montadinha, mesmo ela estando no cavalete. Levou pra ele e deu pro velho Leonel duas medalhas e um diploma. Aí, ele fez dinheiro, passou nos cobres.

— E o caso do Agostinho, como é que foi?

— O Agostinho tinha vindo arrancar dente comigo. Eu dei a anestesia, enquanto esperava pegar entrou um cliente, ficou observando. Disse que queria distrair um pilão, como usava falar, mas precisava apanhar coragem. Expliquei que não precisava ter medo, era só reparar no Agostinho, ver que era uma coisa à toa. O Agostinho recostado, os olhos fechados. Aí me deu na telha de bater no ombro dele com força e falar assim: "Não é mesmo, batuta?". Pra quê? O Agostinho todo mole, emborcou, caiu pra frente, foi preciso segurar. Estava desmaiadinho da silva. O outro? Azulou, nunca mais apareceu.

— E a fabricação do dinheiro? – pergunto.

— Ia ter uma festa em Goianá. Eu era doido com uma festa. Ah, eu tinha uns doze anos, mais ou menos. Meu pai era saleiro, ele mesmo fabricava umas medalhas, uns enfeites de metal pra botar nos arreios. Tinha o material todo. Eu juntei antimônio, cobre, latão, platina, fiz os moldes, os cunhos e fabriquei umas seiscentas moedas de um tostão e duzentos réis, daquelas grandonas. Só pra comprar doce, biscoito, pastel e beber café na festa. Consegui passar quase tudo. Depois, um turco daqui descobriu, contou pro velho Leonel, ele quebrou os cunhos e me deu uma das maiores sovas que eu já tomei. Ia batendo e explicando:

— Isso é procê aprender que não pode fabricar dinheiro. É contra as leis do País!

Depois de muito conversar, Sérgio declamou versos seus, mostrou composições para a banda da cidade, as lembranças renovando a fisionomia cansada pelos quase 96 anos de vida. Então disse:

— Eu não demoro não, já estou sendo chamado.

Era tarde, precisávamos viajar. Na despedida, ele falou, com orgulho:

— Eu era terrível!

Respondi:

— O senhor era da pá virada.

Ele sorriu, feliz, e disse:

— Você vai ficar para sempre na minha memória porque eu era isso mesmo: da pá virada...

Já fora do quarto, Lili, a segunda filha presente, pegou meu sogro de conversa. Na cama, Sérgio tomava o pulso da esposa, ela de cabeça completamente branca, olhar perdido, fisionomia vaga em consequência de um derrame. Guardei dele este gesto de carinho com a velha companheira.

Minha frase, afinal, durou pouco com Sérgio Jobim. Acabo de saber que ele morreu. Lá se foi o velho da pá virada fazer suas estrepolias em outras paragens.

O novo promotor

26 de setembro de 1985

Ser promotor de justiça sempre foi seu sonho.

Formado em direito, fez estágio, praticou uns tempos, logo fez concurso. Começou carreira em Porteira Velha, cidadezinha perdida no interior, com fama de valentia e muito frege. Mas Alcebíades era corajoso, vivia dizendo que sombração sabe pra quem aparece.

Foi recebido por Custódio, adjunto de promotor, um tipo pernóstico, que, por suas ligações com os chefões políticos do lugar, ocupava o cargo há muitos anos.

Alcebíades foi chegando e metendo mãos à obra. Era uma quantidade espantosa de processos parados, muitos quase prescrevendo. Alguns, relativos a crimes violentos, envolviam figurões da sociedade local.

Jeitoso, o adjunto dizia que aquilo era assim mesmo, ele não se espantasse. Era novo, entusiasmado, mas a vida ensina a gente, com o tempo ia compreender que nem sempre vale a pena fazer o que, à primeira vista, parece mais indicado.

De noite, no Hotel Príncipe, ficou pensando no recado de Custódio. Mas eles haviam de ver com quantos paus se faz uma canoa.

Logo, começou a desengavetar processos. O adjunto relatou:

— Aqui não usa parar autoridade de fora, doutor. Ainda mais se contrariar certos interesses. Se fosse eu, ia mais devagar com o andor...

Ele agradeceu também a sugestão do velho escrivão mas quebrou pau no ouvido. Levava processos pra casa, trabalhava no hotel até altas horas, com pouco percebia a crescente atenção de todos – e a preocupação de muitos.

Um dia começaram as ameaças. Primeiro, a carta anônima. Depois, de várias maneiras, ficava claro que o povo de Porteira Velha preferia um juiz substituto, só tapando buraco, o adjunto na promotoria, delegado calça curta, gente sensível aos costumes locais, sem perturbar a vida dos outros com esquisitices de cidade grande. Como devia saber, "cada terra com seu uso, cada roca com seu fuso".

A pressão aumentando, ele fingindo não perceber nem ligar, vai a júri o filho de um fazendeiro influente. Alcebíades acusa com rigor, condena a impunidade e a violência reinantes na região, pede altas penas para o réu.

Recebe, no mesmo dia, a visita de Salustiano Medeiros, comerciante de café, fazendeiro forte e descendente de uma das famílias mais tradicionais do município. Com voz mansa, jeito pacato, diz:

— Tô sabendo dessas ameaças, baboseiras que andam dizendo por aí. Coisa de lugar atrasado, até envergonha a gente. Mas não carece preocupar não. Como diz o ditado, "cão que ladra, não morde".

— Sei.

Tira uma baforada no cigarro de palha, faz uma pausa e tranquiliza:

— Enquanto ficarem nisso, não tem perigo nenhum, garanto.

— E qual é o perigo, então? – indaga, o promotor.

— Ah, Doutor, o perigo é se chamarem o senhor pra uma caçada. Aí, o senhor não aceita não, por nada desse mundo.

Dois dias depois, convidam para uma caçada. De madrugada, ele pegou o trem e azulou pra capital.

Memória

Lúcio Flávio Libânio foi meu colega de pensão há 60 anos. Ele sumiu há muito tempo, mas continua lembrado entre os amigos mais queridos. Estudante de arquitetura, tocava em clubes e restaurantes. Formado, continuou tocando. Mesmo quando madrugava para trabalhar na Açominas, em Ouro Branco. A última vez que soube dele, no milênio passado, seu piano podia ser apreciado no almoço do Vinha d'Alhos.

Uma noite, resolveu pegar o ônibus e visitar o pai. Farmacêutico por longos anos, professor, espírita, modesto e solidário, seu Jacintho passara já dos noventa e a memória às vezes falhava completamente. Como chama que ameaça se extinguir.

Por isso, Lúcio viajou ansioso. Artista e arquiteto, pensava nos mistérios presentes no caminho dos homens e das cidades. Queria saber detalhes da infância do pai em Borda da Mata, reouvir casos contados na farmácia em Pouso Alegre, perguntar sobre o tempo em que seu Jacintho, menino, vinha visitar parentes e ficava perto do belíssimo prédio dos Correios & Telégrafos.

Mais velho do que a cidade, vivia repetindo, num tom de quase desdém: "Belo Horizonte é uma criança!". Para comprovar, contava: "Imagine, lá só tem três automóveis: o de Seu Arthur (Haas), o do Governo do Estado e o do Professor Alfredo (Balena)".

Na viagem, Lúcio repassava lembranças. O jeito absorto com que o velho esboçava um desenho ou cuidava das roseiras, sempre assoviando. De preferência, "Estrelita". A competência com que abordava qualquer assunto – política, religião e futebol incluídos – sem jamais perder a calma ou a razão. E o curioso interesse pelo carnaval – colombinas, palhaços e arlequins enfileirados diante da porta para que ele lhes pintasse o rosto.

Tomara que estivesse numa fase boa e pudessem falar também dos diamantes, seu secreto motivo de prazer. Pedia-os emprestados na joalheria só para admirar-lhes a beleza e a lapidação. Entusiasmado, comparava o processo de reflexão da luz pelas gemas e pelos homens, discorria sobre as infinitas possibilidades de evolução, a incessante busca da perfeição em todos os reinos.

Recordando a figura tão querida do pai, Lúcio pensou nas muitas vezes em que o velho lhe falara daquilo e de tantas coisas mais. E, já na chegada, dia amanhecendo, veio-lhe o incômodo sentimento de que deixara passar muitas oportunidades de aprender. Ou, simplesmente, de conviver.

O pai recebeu-o ainda de pijama. Cumprimentou-o formalmente e disse:

— O senhor se assente, fique à vontade, eu vou me compor.

Voltou logo, exibindo elegante robe de seda.

— O senhor veio de Belo Horizonte? Fez boa viagem? E o seu trabalho, qual é? – indagou, interessado.

— Sou arquiteto. E toco piano.

— Engraçado, tenho um filho lá, que também faz arquitetura e toca piano.

— O senhor o vê de vez em quando?

— Ele anda sumido, trabalha demais. Os moços, hoje em dia, não têm mãos a medir. Eu? Ah, fiz o propósito de nunca mais voltar a Belo Horizonte. Aquilo é uma cidade sem memória. Imagine: da última vez que fui lá, tomei um automóvel de aluguel, pedi ao chofer que me levasse à Serra. Dei o roteiro: avenida Paraúna, rua do Chumbo...

— E ele?

— Discutiu comigo, trepou nas tamancas. Garantiu que não existia avenida Paraúna, não sabia onde ficava a rua do Chumbo. Também, depois de tudo que fizeram! A avenida São Francisco, homenagem a um dos maiores santos da humanidade (e nome de um rio importantíssimo), virou Olegário Maciel, um político provinciano. A Paraúna, bela palavra tupi-guarani, mudou para Getúlio Vargas, um caudilho! E a avenida Tocantins, que lembrava um dos mais belos rios brasileiros? Puseram Assis Chateaubriand... E por aí vai. Perdi o gosto, jurei nunca mais botar os pés lá.

Comovido com o estado do pai – e secretamente orgulhoso de sua indignação –, Lúcio levanta-se, estende-lhe as mãos e propõe:

— Vamos rezar juntos o "Pai-Nosso"?

Visivelmente surpreso, seu Jacintho observa:

— Os jovens não são muito dados a orações. Quem lhe ensinou esse hábito?

— O senhor mesmo! – informa Lúcio, com voz embargada.

Depois de longo silêncio, Seu Jacintho Libânio, sem esconder no olhar vago o brilho do mais puro diamante, fita aquele homem de meia idade à sua frente, estende-lhe as mãos ligeiramente trêmulas e considera:

— Quer dizer, então, que para alguma coisa serviu essa minha vida, não é?

O especialista

3 de julho de 1986

Da janela da sala, Argemiro via o povo passando. Turistas chegando aos bandos, guia falando feito matraca, assédio de camelô, convite para entrar na loja, almoçar, correria para conhecer Ouro Preto.

O homem saiu do grupo, veio vindo sozinho, escoteiro. Não queria ninguém rabeando, gostava de descobrir coisas e lugares por conta própria. Diante do altar, parava, reparava, cada entalhe, cada detalhe. Depois, vagava os olhos pelo teto, bebendo a pintura da igreja, projeto do Aleijadinho. Consultava um livro, comparava, às vezes anotava no caderno.

Da igreja, atravessou a praça, desceu a ladeira de pé-de-moleque, com cuidado pra não escorregar. Passou pelo chafariz, chegou numa pracinha onde ficava a casa branca, rente à rua, marcos arredondados, largas janelas. Numa delas, o gato, rajado de cinza, bebia leite numa pequena tigela azulada, porcelana de primeira, legítima.

Cotovelos no peitoril, Argemiro olhava a rua:

— Bom dia.

— Dia.

— Esfriou, não é?

— Tá no tempo...

— Onde é que fica a Igreja das Mercês?

— O senhor desce direto, na terceira, quebra à esquerda.

O homem seguiu adiante, demorou um pouco, logo estava de volta.

— Então, achou a igreja?

— Achei. Uma beleza. Obrigado pela informação.

Olha para o gato, pergunta, jeito distraído:

— O senhor vende o bichinho?

— Depende. Quanto oferece nele?

— O dono é quem pede, o animal é seu.

— Um como este tão vendendo por cento e cinquenta.

— Será que o senhor não me arrumava uma caixinha, alguma coisa assim? Vou para o Rio, minha mulher é doida com gatos.

O velho vai lá dentro, traz uma caixa toda furada, bota o gato dentro. O homem paga, pega a caixa, agradece. Aí, com ar casual, fala:

— Como eu lhe disse, vou para o Rio. Viagem longa, tenho medo do gato sentir. Preciso de um jeito de alimentar o animal. Quem sabe o senhor não me cedia a tigelinha? O importante pra mim é o gato, o senhor compreende, por causa da patroa. Ele pode estranhar outra vasilha, está acostumado com essa...

Olha a cara do velho, pensa: – "Tá no papo!", já imaginando sua coleção enriquecida por aquela raridade do século XVIII.

— Então, posso levar a tigelinha?

Voz mansa, o outro responde:

— A tigelinha eu não vendo. Infelizmente.

— Por quê?

— Por conta dela, já vendi mais de oitenta gatos, uai!

Pulsações

Primeiro, as mangueiras, penetrante perfume de pólen. Depois, o ipê, roxo contra céu azul. O roxo se faz rosa e dura dias, pois as árvores, como as pessoas, têm ritmos diversos – às vezes divertidos. Aí, o amarelo invade ruas e avenidas. E desmente velho ditado de que flor de ipê não cai na poeira. Elas caem e as chuvas não chegam.

No máximo, um pé de vento moleque revolve o amarelo do asfalto. Tanto calor, passarinho nem pia. Uma rara rolinha apruma voo do chão quente para a árvore que despeja folhas em cascata. E tudo volta à modorra de noites e dias abrasadores.

Quando a chuva ainda é pura miragem, uma tesoura paira sobre o mormaço da tarde em lento voo. Embora se garanta que uma andorinha não faz verão, vejo que a tesoura solitária quer anunciar tempo melhor.

A amiga com quem partilho minha esperança, talvez vibrando o mau humor reinante no abafado agosto, entende a seu modo a informação e acrescenta, enfática:

— Não é só tesoura que anda voando não. É canivete, faca, tudo quanto há!

Morto o assunto, continuo buscando finas novidades nos mundos sutis da natureza – mania herdada de meus ancestrais. Dependentes dos sinais do tempo para o amanho da terra, aprenderam a reparar nos animais, nos sons vindos no ar, na brotação das plantas.

Dia desses, enfim, desperta-me o alegre gargarejo da garrincha, feliz com a chuvinha da aurora. Mas a novidade vem mesmo é na brisa da manhã: doce perfume de magnólia no caminho. Quanto mais nítido, mais instigante, alma desencarnada, essência pura sem flor correspondente.

Esquadrinho as árvores, apuro olfato, afasto engano. A perfumosa flor, porém, não se apresenta. Sestrosa e dissimulada, oculta-se entre viçosas folhas verdes.

A insistente teimosia é finalmente premiada: lá está ela, bem no alto, alegre como estrela, a solitária flor inaugural. Olhos atentos, vejo, mais adiante, uma árvore vestida de amarelo, inteiramente perfumada para a primavera.

Hoje uma jabuticabeira me confirmou, com inconfundível fragrância, a boa nova que nem a selva de ferro e cimento pode esconder. E a cigarra anuncia chuva, certeza de flores e insetos; cantos, cores, passarinhos.

Antevejo saíras riscando o céu, buscando cachos de rubras sementes. Sabiás, canarinhos, bem-te-vis caçando inseto na cumbuca das jabuticabas.

O homem do Paraná

23 de maio de 1981

Depois de praticar um pouco na cidade grande, o jovem advogado resolveu enfrentar o interior, na esperança de fazer fortuna, quem sabe casar com filha de fazendeiro. Influenciado pelo pai, juiz de direito aposentado, escolheu Santo Antônio da Capela Nova, simpática cidade do interior de Minas.

Num domingo, depois da missa das dez, foi procurado por um roceiro. Deu bom dia, pediu licença para uma consulta. Meio rodeando, disse:

— Quero a opinião do doutor sobre um assunto, dependendo, o senhor toca a causa pra mim. Mas antes, o doutor vai me desculpar, precisava fazer umas perguntas. A gente nasceu e criou nesse fim de mundo, mal sabe desenhar o nome, tem ladineza de cidade grande que a gente não sabe...

— Pode perguntar, fique à vontade.

— O doutor não vai ficar ofendido? É pergunta direta, na bucha.

— Sem problema, pode perguntar o que quiser.

— Então lá vai a primeira, repara não: o senhor é formado mesmo?

— Mas é claro. Por quê?

— Ah, doutor, é que, ultimamente, anda danado pra

aparecer gente de fora, faz amizade, ganha a confiança do povo, pega o cobrinho da gente e some no mundo sem deixar rastro. Gato escaldado, o senhor sabe...

— Confiar desconfiando, não é? Mas fique tranquilo, sou formado, com diploma registrado, tudo cem por cento. Meu pai foi juiz aqui, talvez se lembra dele.

— Tô certo, não. Andei fora um tempo, tô voltando agora.

— Sei. E a consulta?

— É uma questão de terra. O doutor tem prática no assunto?

— Trabalho nisso há um bom tempo. Nasci na roça, sou neto de fazendeiro, sempre me interessei pelo tema. Além disso, em Belo Horizonte, pertenci ao escritório do doutor Maranhão, o senhor já deve ter ouvido falar. Um dos maiores especialistas na matéria.

— Essa é uma notícia muito boa. Especial mesmo.

— Se o senhor não tem mais outra pergunta importante, gostaria de saber qual é afinal o seu problema.

— Me desculpe, doutor, pelos rodeios na conversa. Pro senhor, meu assunto é simples: é questão de posse.

— Sei.

— É o seguinte: faz uns vinte e poucos anos que eu vivo num pedaço de grota aqui perto. Fiz minha casinha, formei pasto, fiz roça, criei família, sem nenhum aborrecimento.

— E então?

— Eu vinha vindo nisso, os meninos ajudando, a terra da grota é melhorzinha. Tem alguma água, não é como na chapada, no carrascal, onde até cabrito é difícil prosperar. Ou, então, tem que fazer correção de solo, gastar com adubo, não há dinheiro que chegue.

— E aí?

— Aí, doutor, ia indo tudo de acordo, até bem ajeitado, quando apareceu o homem.

— Que homem?

— Um que chegou do Paraná. Ganhou dinheiro lá, voltou dizendo que a terra era dele, mostrou papel, documento, certidão. Aprontou uma latomia, confundiu minha cabeça. Porque eu vou contar pro senhor: me dá um pedaço de terra, eu desmato, destoco, roço, aro, o que for preciso eu faço, com pouco tô colhendo. Mas não me põe papel, coisa escrita na minha frente, que eu perco o rumo.

— Mas durante esse tempo todo, mais de vinte anos, o senhor ficou continuamente na posse da terra, trabalhando nela e ninguém nunca apareceu pra reclamar?

— Ninguém, doutor.

— Você pode provar isto? Tem testemunhas?

— A vizinhança toda, grota abaixo, grota arriba.

— Então, basta requerer, peticionar, é macuco no embornal.

— Sei não, doutor. E se esse do Paraná também ajusta devogado, acabo ficando na mão.

— Com certeza ele vai fazer isso, mas é tempo, trabalho e dinheiro perdido. Seu direito é líquido e certo, qualquer juiz reconhece.

— Mas cabeça de juiz é que nem barriga de mulher, ninguém sabe o que tem dentro. E tem recurso, demora, gasta, vai pra Brasília, só Deus sabe o rumo desse trem.

— Se é como o senhor disse, isso morre aqui mesmo. A lei é clara, a jurisprudência é pacífica. Macuco no embornal, como eu já falei.

— Tá muito bem, doutor. Lhe agradeço a atenção, sua paciência, perdendo esse tempo comigo, em vez de olhar as moças passeando aí – afinal, o senhor é moço novo, formado, bem apanhado, há de ter muita filha de fazendeiro interessada, não é mesmo?

— Pode até ser. Mas estou interessado agora é na sua decisão. O senhor vai deixar as coisas desse jeito?

— Pensando bem, acho que vou.

— Mas não pode. Fique à vontade para procurar outro advogado, mas é meu dever profissional adverti-lo de que o senhor não deve abrir mão assim de uma coisa tão importante. Escolha quem quiser, mas não deixe a situação assim. Se fosse eu, resolvia isso imediatamente, liquida logo a questão.

— Desculpe, doutor, mas não vou mexer com isso não.

— A decisão é sua. Mas pode ao menos me explicar o motivo? Afinal, o que pode haver num caso assim tão claro?

— Uma coisa que eu não falei pro senhor, eu sou o homem que veio do Paraná.

Providências

3 de abril de 1986
(Para Mário Ramos Vilela)

Depois do derrame, Mariano não foi mais homem pra nada. Às vezes dava um sinal de melhora, ficava mais airoso, parecia coisa que ia arribar. Mas era fogo de palha à toa. Mesmo assim, nessas ocasiões, teimava de tocar o movimento, ditando ordem, cobrando serviço.

Quando viram que não dava mais jeito, reuniram os filhos, ficou resolvido que Toniquinho levava as vacas de leite pra Estiva, o gado solteiro continuava na Cachoeira, era só dar sal, uma olhada de vez em quando, iam tocando.

O doutor veio de automóvel, tirou pressão, apalpou, fez um punhado de exame, decretou que o caso não era nada bom. Receitou uma remediama danada, cortou sal e gordura, mandou fazer exercício pra ver se recuperava o movimento do lado adormecido.

Curral vazio, um pinguinho de vaca, a conta do leite pro gasto. Dava pena ver o barracão, enorme, aquele baita curral, o mato crescendo, tudo abandonado, sem vida. Dona Zininha chegava no alpendre, botava a mão no peito e suspirava pensando nos bezerros berrando de manhã, a latomia dos vaqueiros, o movimento da criação.

— Isso aqui, Deus me perdoe, mais parece um cemitério! – falou, baixinho.

Sumia lá pra dentro, arrumava ocupação na horta, no quintal, carecia moer o tempo, deixar a vida correr, que nenhum cristão tem poder de parar com ela. Volta e meia olhava o velho na cama, morria de pena. Prostrado, magro, acabado, parecia um bagaço.

Um dia dona Zininha acabava de chegar da horta-de-couve com um molho de verdura pro almoço, nem tinha começado a picar quando Marieta veio vindo, afobada, do quarto de dentro, lá do corredor, foi gritando:

— Mãe, mãe: o pai!

— Que que tem ele?

— Ah, mãe, o pai morreu, coitado.

A velha amparou a filha, que se sacudia toda de tanto chorar. Não disse nada. Ali, abraçada a Marieta, imaginou a confusão que ia ser quando a notícia espalhasse. Primeiro os empregados, os sitiantes e fazendeiros vizinhos, depois o pessoal dos povoados, mais os graúdos da cidade. Era um batalhão sem tamanho. Olhou as panelas no fogo, a comida pronta. Segurou a filha pelos ombros, olhou-a nos olhos, a empregada ao lado, completamente apatetada, e disse, dura:

— Agora a gente fecha a casa, toma banho, troca de roupa e almoça.

Deu uma pausa e completou:

— Aí a gente bota a boca no mundo.

Este livro foi impresso pela Help Book,
em papel Cartão Triplex 250g/m² para a capa
e papel Pólen Soft 80g/m² para o miolo,
usando tipo Candara, em Araruama, RJ,
em maio de 2022, ano em que a
Bienal Mineira do Livro homenageia
Olavo Romano, Editor Sênior da Caravana.